KB261198

서쪽 하늘 구름꽃에 사는 아이

유노유노 지음

잠은 우리에게 허락된 가장 꿈과 같은 선물이다.

고달플 때 우리는 침구에 몸을 맡기고 한순간의 갈등도 없이 자고 싶다.

시 또한 우리에게 허락된 꿈만 같은 선물이다.

시를 읽는 우리는 순간적으로 재미와 감동을 기대하면서 읽는다.

잠시(잠+시) 동안을 못 참아 우리는 베개를 끌어다가 머리맡에 받치고 가장 좋아하는 시집을 보면서 잠을 청하는 어린아이 같은 모습을 하고 있다.

시는 읽기 편해야 한다는 것이 제 지론입니다.

시를 쓰는 사람과 읽는 사람의 언어가 다르다면 시인을 위한 시일 뿐 독자들을 배려한다고 할 수 없습니다.

독자들도 마찬가지입니다. 이해되지 않는 시가 얼마 되지 않는 시집을 굳이 소장하려 하지 않을 것입니다.

시는 공부하려고 읽는 것이 아니라 공감하려고 읽는 것이기에 더더욱이나 그렇습니다.

제 시는 부디 서점에서 읽어보시고 구매를 해주시기를 바랍니다. 그만큼 자신이 있다는 이야기입니다.

요리로 따지면 킥(kick)이 있다고 감히 말씀드립니다. 감동이 없거나 반전이나 맛이 없는 시는 쓰는 도중이나 다 쓴 후라도 선별하여 휴지통으로 보내버립니다.

감동이 없는 시는 시인 본인도 감동하게 하지 못합니다. 시집 분량을 늘리게 하려 한다면 어찌 시인이라 하겠습니까?

본 시집은 시가 사는 집이고 그 집은 독자들과 만남의 공간입니다. 시가 쉽게 읽혀도 얼마든지 감동할 수 있는 아니, 쉽게 읽혀서 더욱 감동할 수 있다는 사실을 보여드리겠습니다.

2025년 어느 봄날
유노유노 씁니다.

차 례

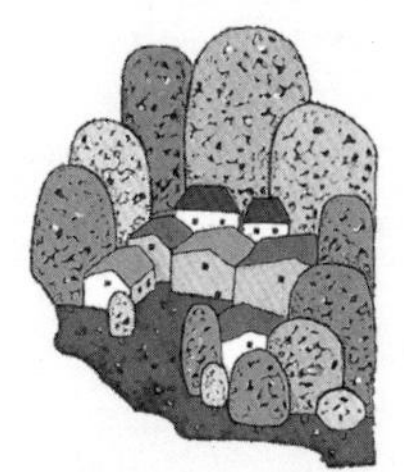

꿈 사탕

삶이 고달프면
잠이 들면 그만이고
꿈이 애달프면
일어나면 그만인데

우리 인생 왜 그리
고난 중에 빠져있나

사랑 떠나가면
눈물 나면 그만이고
사랑 찾아오면
손잡으면 그만인데

떠난 그대 못 잊어
왜 그리 그리워하나

서쪽 하늘 구름꽃에 사는 아이

오늘 아침에 보았던 맑은 하늘은
오후가 되면서 점차 흐려졌다가
서쪽 하늘에 구름꽃이 피었다

구름꽃은 이내 노을을 반사해
불그스름한 꽃으로 활짝 피는데
가지를 꺾어 내 방에 꽂아놓는다

구름꽃 사이로 살짝 얼굴을 내민
곱상하게 생긴 너의 생김생김에
깜짝 놀라 꽃병이 엎어지면은

구름꽃은 다시 하늘로 올라가고
꽃을 놓친 너만 내 방에 남으면
외로운 나는 내심 기뻐하였네

구름꽃은 언제나 피고 지는데
이 아이는 계속 울기만 한다
구름꽃에 혼자인 게 아니었다며

미덕(美德)

싱글은 자유의 미덕
연애는 구속의 미덕
결혼은 포기의 미덕

그래도 나는 구속이 좋더라
그래도 나는 포기가 좋더라

네가 구속하면 그대는 내 사랑 되고
내가 포기하면 그대는 내 사람 되리니

내 사랑은 구속을 넘어 보배로
내 사람은 남편을 넘어 내 편으로

산

비 올 때 산은 퍼런색 산이다

산에서 물감 짜내어 파란 시내 졸졸 흐르면

시냇가에 빨래하는 아낙네들은 물들까 봐 손이 바쁘다

해 뜰 때 산은 노란색 산이다

푸르른 산에 붉은 태양으로 불 한 번 내면

노오란 잎사귀가 살려달라며 서로를 부대껴 바람 일으킨다

우리 인생의 산은 푸른색 산이다

해가 뜨나 비가 오나 변함이 없는 산

오래된 친구가 온다면 잊어버리지 않게 푸르른 산

가을에는 연애 좀 하다 늦었다고 멋쩍게 미소 짓는다.

새로운 빛

새로운 빛이 튀어 나갈 때
우리의 소망은 우주에 닿네
하늘의 물이 흐르고 흘러
땅 위에 차고 나무가 먹네

우주의 빛이 달려 나갈 때
광속의 속도로 푸르른 행성,
흐르던 물을 행성에 부어
구름과 달과 별 조물조물

우리의 맘에 열매 있다면
젖은 땅과 바람 불어와
수줍은 열매 빨갛게 달궈져
우렁차게 뻗은 나무에 주렁주렁

잔인한 게임

둘 중 하나는 상처받아야 끝이 나는
사랑은 지구상 가장 잔인한 게임

사랑의 탄환을 장전하고 참호에 몸을 숙인다
너에게 몇 발 쏘고선 이내 얼른 몸을 피한다
사랑의 속삭임에도 마음을 뺏기지 않으리렸다
비참한 패잔병 신세로 가슴앓이하지 않으리라

무얼 위해 누굴 위해 이 게임을 계속하는가?
그럼에도 홀린 듯이 오늘도 전장으로 몸을 이끈다
열정적인 너의 총 세례를 기대하며 몸을 낮춘다
패잔병보다 더 비참한 건 적막함 가득한 전장이다

둘 중 하나는 상처받아야 끝이 나는
사랑은 지구상 가장 잔인한 게임
철없던 우리는 그토록 일지 못했다
서로의 총에 둘 다 죽어야만 끝난다는 것을...

종이 서랍

밤새도록 물이 새는
내 서랍은 종이 서랍

아침이 되면 사랑 찾아
종이 서랍에 가득 담는다

밤새도록 물이 새는
내 서랍은 종이 서랍

아! 사랑은 담아도 담아도
매일매일 채워야 하는구나

종이 서랍

꽃으로 때려도 아픈 사랑
내 마음에 꽃을 꽂고 가네요

꽃으로 때려도 아픈 사랑
내 가슴에 가시 꽂고 가네요

꽃은 내게 사랑한다 말해도
나는 그대 사랑할 수 없네요

새벽 시

저녁 하늘이 태양에 윙크를 하면
부끄러운 태양은 노을이 지고
시기한 달님이 서둘러 행차하시면
달 친구 별님들은 초조해 깜빡깜빡

별님들이 깜빡깜빡하는 사이에
너와 나는 한강공원에 돗자리 깔고
시원한 맥주 한 캔 마시다 보면
별님들은 가로등의 불빛이 된다

강바람이 시원하다 못해 찬 것은
맥주 때문이 아니라 네 눈물 때문에
시를 읊듯 써 내려가는 너의 인생사
듣다 보면 같이 눈물 흘리고 있네

새벽별을 보고야 자리에서 일어나
잠든 태양 깰까 봐 조심스럽게
너를 깨워 데려다주고 집에 와서는
네가 읊던 시 모아 이 시를 쓴다네

하마야 미안해

곰돌아 미안해
곰돌아 미안해
내가 좋은 집 사서
놀자고 했는데
못 가서 미안해

하마야 미안해
하마야 미안해
내가 좋은 집 사서
놀자고 했는데
못 가서 미안해

치타야, 곰돌아, 하마야!
내가 좋은 집 사서
모닥불 피워놓고
실컷 놀자꾸나!

1시 50분

시계를 파는 카탈로그를 보건 잡지 광고를 보건 시간은 모두 10시 10분으로 맞춰져 있다

세상의 모든 시간이 10시 10분이 아닐진대 왜 그런지 궁금해서 알아보니 디자인상 가장 보기 좋은 게 10시 10분이란다

세상은 모두 10시 10분에 맞춰져 있다

오늘 오후 3시 30분의 코스피 종가도 10시 10분

올해 수학 능력 시험의 수능 등급 컷도 10시 10분

서점에서 파는 각종 책 가격도 모두 10시 10분

그러다 생각해 봤다

10시 10분에 맞설 유일한 시간인 1시 50분은 왜 아무도 사용하지 않느냐는 것이다

답은 명확하다

나만큼 괴짜인 사람이 이 세상에는 별로 없기 때문이리라

그럼에도 내 시만큼은 10시 10분이 아닌 1시 50분을 가리키고 그렇게 세상에 선보이고 싶다

수레를 끌며 자식들 대학까지 보내신 1시 50분

발가락으로 그림도 그리고 소설도 쓰는 1시 50분

묵묵히 약자들 편에서 세상을 살아가는 1시 50분

1시 50분은 10시 10분만큼이나 고결하고 세상을 아름답게 하는 시간임에 분명하다

그 시간을 응원한다.

쉽게 읽혀도 감동이 있는 시

어떤 시는 너무 메말라서 싫었다
점점이 날아가는 시상에 겁이 났다
어떤 시는 너무 뚱보라서 싫었다
빼곡히 적어주는 바람에 싫증이 났다

한 구절만 읽어도 감동이 되는 시
이해 안 돼도 반전으로 해석이 되는 시
저자의 설명이 없어도 되는 시
구구절절 적었어도 버릴 게 없는 시

누군가 시집은 사는 게 아니라고
서점에서 다 읽고 오면 된다고 하는데
내가 좋아하는 시가 다 여기 있는데
다시 읽고 싶은 시도 다 여기 있는데

책을 사는 게 아니라 렌탈비를 달라고
책장에 넘치는 게 책인데 더 못 산다고
여기 하나 꽂아놓을 이유가 있는 책,
쉽게 읽혀도 감동이 있는 시

이야기

뙤약볕에 시끄럽게 울던 매미도
귀뚜라미 소리 들리면 잠을 자는데
한여름의 푸릇푸릇한 나뭇잎도
찬바람 불어오면 물이 드는데

한철 열심히 일한 에어컨을 끄고
이제 다시 그대를 만나러 가리
붉은 태양에 붉은 잎사귀 들고
그대의 맛난 이야기 들으러 가리

초록은 녹두, 까칠하게 익은 그대
붉은 건 홍시, 부드럽게 익은 그대
배짱 두둑한 배, 달콤하게 익은 그대
수줍은 사과, 새콤하게 익은 그대

그래도 무엇보다 한 해, 한 해
까칠, 부드럽고, 새콤달콤 익은
그대의 깊은 이야기 들으러 가리
슬픈 이야기는 다음 해로 미루리

문

너에게 가려는 첫걸음엔 문이 있다
경계와 경계를 나누는 문은 빛이다
빛으로 된 문은 따뜻하고 아늑하다
다른 문을 열면 나오는 건 어둠이다

빛으로 된 문을 열고 너에게 간다
어둠을 하나씩 물리치며 열어젖힌다
문의 끝에선 필시 너의 방이 있겠고
거기서 나오는 빛은 무한대로 퍼진다

열면 닫아야 하는 것이 문의 규칙,
어둠이 차오르면 발걸음이 빨라진다
잡히기 전에 문으로 나가는 게임은
차갑다 못해 시리고 잔인하기도 하다

문의 끝에서 너를 만나면 둘이 손잡고
하나씩 문을 열어놓고 나가고 싶다
다시는 오지 않을 여행을 떠나듯이
문은 누군가 닫겠지 하며 가고 싶다

춘풍낙엽

어차피 떨어질 것을 알아서

스스로 봄에 떨어지는 낙엽을

우리는 춘풍낙엽이라 한다네

봄에 나서 여름에 자라

가을에 열매 맺고 겨울에 지는 게

자연이 정해둔 이치인 것을

마치 다 살았다는 것처럼

정보에만 밝아 모든 걸 초월해

봄에 포기해 버리는 시대

당신이 포기해 버린 봄은

어떤 이가 그토록 고대하던

그러나 못 만난 봄이었으리라

갈매기

하늘의 하얀 구름은 흰색

바다의 하얀 파도도 흰색

하얀 파도와 하얀 구름이

만나서 진한 흰색이 되면

흰색 물감으로 색칠을 하지

하얀 물결 신나게 일으키며

출항하는 유람선 위로

흰색 바다 갈매기가

흰색 구름을 가르며 날면

흰색 물감으로 덧칠을 하지

흰색밖에 없는 도화지 위에

흰색 옷을 입은 네 모습에

할 말을 잃고 어안이 벙벙

머리는 흰색으로 가득 차

흰색 물감도 떨어져 가는데

하늘엔 원래 색인 쪽빛 칠하고

바다도 원래 색인 쪽빛 칠하고

그러자 확연히 드러난 갈매기

흰색 물감은 똑 떨어졌고

애먼 갈매기만 탓하고 마네

Back to the past

이러면 안 되는데, 이러면 안 되는데…
지구의 온도는 매년 올라가는데
할 수 있는 건 경고하는 것밖에…

너와 함께 영화 「백 투 더 퓨쳐」를 보면서 화려한 미래를 꿈꾸었고
「터미네이터」 시리즈를 보아도 그런 믿음은 흩어지질 않았는데

오늘 우리의 지구는 빨갛게 멍들어 가고
지구인들은 이상기후에 몸져눕고 있네
쓰고 버리면 자동으로 재생되는 휴지와 달리
지구는 사용에 대한 모든 비용을 청구하는데

과거로 시간을 돌려줘. 딱 20년만큼만…
봄과 가을이 완연한 내 고장을 볼 수 있도록
「아바타」와 같은 신세계는 내겐 필요 없어

미래로 시간을 돌려줘. 딱 20년만큼만…
「지오스톰」 같은 미래를 볼 수 있도록
외계인도 살고 싶은 지구를 만들 수 있게

과거로 시간을 돌려줘

너와 함께였던 그때로...

이별 1

아침 햇살의 따가움에
눈을 뜨고 마시는
커피 한 잔에도
잠은 깨지 못하고

아침 담배에 의존해
한 모금 크게 뱉고야
비로소 잠에서 깨어
너의 얼굴 쳐다본다

사진 속 너의 얼굴은
날 보고 웃고 있었다
마치 어제의 이별이
아직 잠들어 있듯이

애꿎은 담배 연기만
방 안에 자욱해졌다
마치 다 피워서
없애겠다는 듯이

담배 때문이었다
둘 중 하나를
끊으라 했건만
그녀를 끊고 말았다

꽃길

짧디짧은 봄을 노래하고

사계절을 기다리는 벚꽃도

더운 여름 문을 열어주고

사계절을 기다리는 수국도

다 사랑하는 이 만나려

이 땅에 심어져 피어난 것을

하물며 한평생 살아가며

기다림의 지혜를 알며

하나의 사랑을 만나려

인고의 세월을 보내는 이는

꽃들과 함께 노래하리니

사랑하는 사람아 어서 오소

나 그대 코스모스처럼

좀 더 오래 사랑하고자

백일홍처럼 영원하고자

그대와 함께 꽃길 걸으니

기다림은 감사함이 되고

감사함은 행복이 되는구나

인생살이

꼭 필요한 사람이 되기보다는
없으면 아쉬움 남는 사람이기를
크게 성공한 사람이 되기보다는
묘비에 적힐 글자 하나 남기기를

모두 다 비장한 꿈이 있다 하지만
그 꿈 이뤄줄 수 있는 사람 됐으면
비 오면 우산이 필요하겠지마는
그저 눈앞 틔워주는 눈썹 되기를

거창하기보다는 간소하도록
초라하기보다는 긴요하도록
유별나기보다는 수더분하도록
티 안 나기보다는 존재감 있도록

그렇게 편안하게 살 수 있기를
그게 가장 큰 욕심인 걸 알아도
주는 대로 받고 받는 대로 주면은
세상 누구도 부러울 자가 없겠네

희생

온몸을 다해 안아주는 의자
하루종일 벌서고 있는 책상
갈수록 키가 작아지는 연필
몸이 닳도록 비벼주는 지우개

너의 공부에 이 정도 희생쯤이야
시대를 위해 희생할 널 위하여

여자의 나이는 물어보더라도

여자의 나이는 물어보더라도
절대 여자의 사진은 보지를 마세요.
그 나이테에 남겨있는 슬픈 역사를
보고 나면 눈물 흘리지 않을 수 없네

그녀의 사진은 보더라도
저와 찍은 사진은 보지를 마세요.
우리의 일기장에 남겨있는 역사를
보고 나면 웃픈 눈물 뺨에 흐른다네

킬러

킬러 문항, 킬러 공직자, 킬러 학부모, 그냥 킬러까지
전국이 킬러들로 북적북적하다

잡히면 죽는 거야… 아버지가 초월한 듯이 한 마디 내뱉는다
안 그래도 지난 물난리에 지하터널에서 목숨을 잃을 뻔한 경험이 뇌
리를 스치듯 지나간다

딸아이는 오늘도 내일도 물 마실 틈도 없이 이 학원 저 학원을 전전
하며 킬러 문항이니 뭐니 하며 고통을 토로한다
우리 학교에는 저런 학부모가 없어 다행이라는 한마디에 올 초 담임
을 찾아갔던 기억에 움찔하고 더 이상 말이 없다

누구보다도 길거리에서 아까운 목숨을 잃은 젊은 꽃들에게 흰색 옷
을 입힌 킬러가 진짜 죽일 놈이라고 누군가 말할 때
칼만 안 든 강도들이 대한민국에는 너무 많다고 아버지는 또 한 번
초월한 듯이 말씀하신다

걸리면 죽는 거야… 이 나라는 내가 나를 지켜야 한다는 말을 곱씹으
며 지하철을 타보니 아직도 마스크를 쓴 시민들이 수도 없이 많았다.

애원 1

비 오는 거리에서 그대 생각에
신호 바뀌어도 갈 줄을 모른다네
차가운 이 비 맞지는 않으려나
나 그대 우산이 되어 주고 싶다네

그대 목소리 듣고 싶은 생각에
단축 번호에 손을 올려놓다가도
하염없이 카톡 프로필만 보는데
내가 찍어주지 않은 사진만 가득

이제 만나기도 어색해진 사이에
너를 놓치기엔 내 맘 서러워
전화도 없이 너의 집에 가는데
새 남친과 인사하는 너를 만났어

사랑한다고 나의 그대 모든 걸
다시 나와 만나주지 않겠느냐고
나의 사랑 시험하기 위해서라도
다시 한번만 더 기회를 달라고

6월의 시작을 알리는 밤

선선한 바람은 봄과 굿나잇 키스를 하고
한낮의 뜨거운 태양은 여름과 조우한다

겨우내 움츠렸다가 새싹과 함께 피어난 첫사랑인데
이제 겨우 자라나서 이만큼 컸다 말할 새도 없이
준비되지 못한 이별이라 준이라 부르는가 보다

그대를 대신할 그 누구도 오늘 밤 찾아볼 수 없고
차라리 집에 가 그대의 사진을 보는 게 나을 것 같아
썩어도 준치라고 하여 준이라 부르는가 보다

내일이면 지금의 눈물도 다 말라 아무렇지도 않겠지
그대도 그대 이름을 걸고 아무렇지 않게 살아가겠지
내 사랑 준호라고 하여 준이라 부르는가 보다

메밀꽃 필 무렵

찌는 듯한 더위는 단풍을 빨갛게 달구고
대장장이가 쇳물에 고인 물을 끼얹듯
찬 바람 불어오면 그렇게 가을이 시작된다.

꽃의 계절이, 꽃 같은 네가 좋아하는 봄이라면
나무의 계절은, 나무 같은 내가 좋아하는 이 계절
그리하여 우리는 만날 수 없는 시간에 놓여있다.

모든 것을 잠들게 만드는 눈보라를 만날 때면
꽃잎도 나뭇잎도 모두 없는 삭막함 그 한 가운데,
걱정 말아라- 너의 계절을 준비하고 있음이라

하지만 너의 계절에도 너는 꽃 피우지 않았네
코스모스, 메밀꽃 필 무렵 너는 내게 왔고
우리는 시간을 초월한 사랑을 나누었다네

언 대지를 온몸으로 녹일 자여

언 대지를 온몸으로 녹일 자여
불타오르는 가슴을 가질지니
가슴에서 온몸으로 불을 당겨
격렬하게 대지를 녹이어다오

황금빛 태양이 손을 비추면
그대의 손으로 황금을 녹여
새 시대의 영웅을 빚어내리니
과거는 잊고 미래로 가자

대지가 녹아 물이 콸콸 흘러
또 다른 한강은 내게 말하네
한강의 기적은 되풀이된다고
아리랑의 얼은 환호가 되었네

언 대지를 온몸으로 녹일 자여
세상은 이제 오직 그대 편이니
가슴으로 손으로 때로는 발로
맘껏 뛰소서 대한민국의 보배여

여름

오전에는 살짝 쌀쌀하다가
오후만 되면 땡볕이 내리쬐는
여름이 오는 소리가 들리니?

일교차 커지면 감기 조심하고
땡볕에 일사병 조심해야지
차가운 음료는 적당히 마셔야 해

봄을 지나서 이제야 겨우 여름
네 인생의 가을은 멀고 멀었지
좋은 줄 모르다 지나가 버릴 인생

나도 여름이었지 잠깐이지만
사랑도 일도 모든 게 뜨거웠지만
그때가 여름인 줄 지나고 알았지

오후에는 너무너무 덥겠지만
밤이 되면 서늘한 바람 불겠지
여름이 가는 소리가 들리니?

&조이

파티에 잘 어울리는 옷을 입고
진홍색 와인에 스파클링 샴페인을,
우리의 축제에 초대된 사람은 없어

이 밤이 다 가도록 춤을 추다가
너와 단둘이 추는 블루스 타임,
이 축제의 초대장은 단 두 장

슬픔이란 슬픔은 모두 잊고 &조이
더 이상의 축제는 필요 없도록
너와 나 둘만이 밤새도록 &조이
티끌만큼도 허락 못 할 우리 사랑

날이 밝으면 엎어진 와인병처럼
헝클어진 머리, 알람에 잠을 깨지만
시간을 돌린대도 모두 잊고 &조이
너와 나 뜨거운 태양 아래 &조이

해는 거기서는 보이지도 않는걸

부드럽게 다가오는 이 감촉
시로 옮기면 이내 작아져 버려
자연 앞에 무릎 꿇게 만드네

나이테처럼 굴곡진 내 인생도
드라마보다 드라마틱한 삶도
알아주는 이 있을까 싶네

신만 만질 수 있는 자연의 신비
신만 알 수 있는 인생의 미래
앞섰다는 교만은 인간의 한계

가질 수 없을 거라 생각했건만
또 하나의 비전은 태동하였고
길이 터주는 대로 나아가는데

별빛을 한데 모아 빛을 만들면
해보다 더 밝을 수 있다는 것을
해는 거기서는 보이지도 않는걸

여름 이야기 1

매미 소리 개구리 소리가 지겨워질 때쯤

우리의 여름은 본격적으로 시작된다.

계곡에서는 물멍을 때리고 밤에는 불멍을 때리고

진짜 때리는 건 모기와의 하이파이브

손가락, 발가락 사이가 근질근질할 때면

아— 이제 좀 있으면 여름이 다 가겠구나—

가을 없는 추운 겨울이 다시 돌아올 때면

신기하게도 이 지긋지긋한 여름이 생각나겠지

그때 널 만났던 바닷가에서 추운 코트 싸매며

저 앞에 그녀가 네가 아닐까 읊조리고 있겠지

시인과 시집

작가, 소설가, 작사가...
그런데 왜 시인만 '인' 자가 붙어있는 것일까?

시를 쓰기 이전에 먼저 인간이 되라는 의미가 아닌가 하고
아침 첫 물을 마시고 도도한 듯 시를 지어 본다

소설책, 그림책, 동화책...
그런데 왜 시집만 '집' 자가 붙어있는 것일까?

책이 가득한 시큼한 냄새 풀풀 나는 집이라는 의미는 아닌가 하고
저녁 해지기 전 미리 뜬 달을 보며 시를 지어 본다.

별 1

별 쏟아진다 주우러 가자
쏟아진 별은 네 마음의 별
네 가슴에 새기고 어깨를 펴자

별 흩어진다 잡으러 가자
흩어진 별은 내 마음의 별
내 뜰채에 가두고 숨죽여 본다

별이 별을 부르는 저녁별
너랑 나랑 함께 보았지
그 별이 우리에겐 사랑의 별

별이 서로 인사하는 새벽별
아버지는 보고 돌아오셨지
그 별이 우리들의 소망의 별

달은 꽃인가 보다

꽃도 한땐가 보다

봄을 수놓던 샛노란 꽃들도

까맣게 죽어 내 마음도 새까만데

한 계절 뽐내려 일 년을 기다리는구나

달은 꽃인가 보다

노란 물풍선 같던 보름달도

손톱같이 얇디얇은 초승달이 되어

또다시 차고 넘칠 때를 기다리는구나

아이야! 지면 또 피고 피면 또 지고

차면 또 기울고 기울면 또 차고

우리의 인생이 이렇듯 돌고 도는 것을

항상 좋은 날이기만을 어찌 기도할꼬?

다만 새까맣게 진 꽃이 끝이 아니기를

하늘에서 보기 힘든 달이 영원하지 않기를

기도하며 살아가면 활짝 핀 꽃과 달이

너를 반기며 마주할 날이 머지않았으리

대양

한강이 휘몰아쳐 네 온몸에 걸치운다
너 이미 한강을 뛰어넘어 대양에 갈 자야
한강의 기적은 이미 발끝에서 이루어지고

대양의 기적을 써 내려갈 너의 꿈속에
응원하는 한 세대가 있어, 바로 우리니
너의 손끝에서 우리 운명도 새로워짐이라

비범하고 담대하게 너의 가슴을 펴라
꿈 없는 백성은 망한다는 말을 기억하고
지금처럼만 전진하면 모두 이룰지니...

휘몰아친 한강이 네 몸에서 떠나간다
한강도 감당 못 할 너의 쌓여진 경험치
대양에서 너의 갈고닦은 실력을 보이라!

창밖에

창밖에 해님이 피었습니다

나에게 오라 부르는 손짓에

달려가 한 떨기 꽃이 되었답니다

창밖에 달님이 피었습니다

홀로 있고 싶다는 말 한마디에

꽃잎은 지고 물안개만 자욱한데

창밖에 별님이 피었습니다

혼자면 우리랑 놀자는 말에

물안개 위 반딧불이 되었습니다

창밖에 반딧불이 피었습니다

모두가 다 같이 있다는 말에

가을밤 축제가 시작되었습니다

창밖에

난 버려졌다고
잊지 못할 거라고
눈물짓는 네게
해줄 게 없었어

난 여기 있는데
눈물 닦아주는데
어딜 보고 있니
이런 바보야

이런 나를 보면서
한숨 크게 쉬는
또 다른 그녀는
나를 봐달라 하네

내가 아팠던 만큼
그녀도 아플 테니까
이제 널 떠나서
그녀에게 갈게

메뉴 추천 좀 해주시겠어요?

널 만나면 늘 그러더라
먹으려던 메뉴가 바뀌더라
먹는 게 중요치 않으니깐
너만 있으면 충분하니깐

불판 위에 지글지글 삼겹살
퐁당퐁당 육수 위에 샤부샤부
늘어져라 고르곤졸라 피자
네가 제일 좋아하는 치킨

그래서 내 주머니가 무거워
그래도 가끔 호텔 뷔페도 가고
소고기도 사 먹으러 가자
그래 나도 치킨이 제일 좋아

누가 뭐래도 1타는 후라이드
페리 페리 페리카나 양념치킨
오븐에 구워 구워 굽네치킨
지코바 치킨은 호불호가 있지

지금은 혼자지만 늘 널 생각해
혼자라서 치킨만 먹게 되지만
삼겹살, 샤부샤부, 피자, 소고기...
언젠가 먹게 되겠지... 다른 너랑

가시

장미꽃의 가시는 사랑의 가시
함부로 했다가는 찔리는 사랑
가시 없는 사랑은 맹목적 사랑
어머니는 아프다 하지 않으시네

밤 열매의 가시는 풍요의 가시
운동화와 모자는 기본 준비물
땀이 없는 풍요는 거짓된 교훈
다람쥐는 겨울에도 춥지 않다네

내 마음 가시는 이기적인 마음
누군가 손 잡아도 찔리곤 하네
마음 없는 선행은 불평의 씨앗
아버지는 계산하지 않으시네

네 마음 가시는 이타적인 마음
손해를 봐도 너무 보곤 하네
사랑 없는 가시는 없다 하지만
우리 사랑엔 가시가 너무 많네

신의 물방울

당신이 사막 한가운데
물도 없이 남겨졌다면
신의 물방울은 무엇일까?

당신이 표류하는 배에
식량도 없이 남겨졌다면
필요한 양식은 무엇일까?

당신이 갑작스럽게 죽어
믿고 있던 종교가 없다면
구원해 줄 이 누구일까?

당신이 세상을 떠날 때
몇 명만 인사할 수 있다면
누구에게 인사할 것인가?

정말 소중한 건,
비싸고 귀하고 희귀한 게 아니다
지금 당신의 삶에 감사하라

8월의 어느 멋진 날

빨갛게 내리쬐던 태양도
그늘 아래선 맥을 못 춘다
살랑살랑 불어오는 바람에
열매들도 덩달아 춤을 춘다

매일 하는 산행이라지만
땀이 나고 마르기를 반복
호랑나비 꽃 위에 앉지만
카메라만 대면 도망간다

여름내 내렸던 장맛비로
산에서 물은 계속 내려오고
계곡 앞에 선 사람들은
들어갈까 말까 안 하던 고민을...

긴 여름의 끝에 선 사람들은
지겹도록 신나게 박수 치지만
지치고 흥 없는 삶의 수렁에서
또 이 계절을 그리워하겠지

등대

고요한 바다 위에 별 하나
외로움을 못 이기고
떨어져 등대가 되었네

외로운 배들을 위해
불빛을 내어주는 등대
다시 별이 되었나 보다

그대는 내 인생의 별
내 인생의 등대 되리니
그대만 바라보고 가리

일렁이는 파도 가운데서
중심을 잡아주는 등대
영원한 별이 되었네

여름 이야기 2

여름이잖아! 이 여름날 피서도 한 번 못 간다고 푸념하는 날 보며
넌 에어컨에 매미처럼 붙어서 무풍 에어컨으로 만들며 썩소를 날리지

수박씨가 골라내기 힘들다고 아이처럼 푸념하는 너에게
그럼 복숭아씨만 하면 어떨 거 같냐고 반문하고 앉아있지

잠 못 이루는 열대야에도 너는 에어컨에 담요를 뒤집어쓰고
내 스킨십에 가족끼리는 그러는 거 아니라며 에너지 낭비하고 있지

동생네가 해외여행에서 돌아올 때쯤부터 벌써 추석 스트레스는 시작
되었고
우리의 한여름 밤의 꿈은 그렇게 별들처럼 산산이 부서져 버렸다.

바람의 촉각

땀나고 더울 때는 그늘에 앉아
바람의 촉감에 집중해 본다
얼굴을 간지럽히는 바람은
이내 온몸을 시원하게 해준다

우리 삶도 무언가에 쫓길 때면
탈출구를 열어줄 무언가를 본다
닫힌 문의 반대쪽이 열린다는
믿음을 가지고 집중해 본다

반대쪽 문이 열리면 오히려
신이 그 길을 열어주기 위하여
원래의 문을 닫았나 착각이 들게
우리의 삶은 180도 바뀔 수 있다

바람의 촉감은 변화의 시작이다
나는 당신의 바람이 될 수 있을까?
신에게 또 바라고 바라본다
서로에게 바람이 될 수 있기를

가을 밤

오랜만에 창 안으로 길게 드리운 태양
참새 그림자도 길게 드리우며 반긴다
어젯밤을 괴롭히던 몸살도 도망가고
여름밤을 수놓던 벌레들도 이젠 없다

날씨도 쌀쌀한데 산에 좀 다녀올까나
땀을 좀 내야 미열을 밀어낼까 싶다
오후엔 주말에 올 애들이 좋아하는
밤 딸 채비를 갖춰볼까 생각해 본다

가을 밤... 그랬다. 가을밤에 먹는 가을 밤
그 맛이 그리워서 애들은 이때쯤엔
꼭 이 누추한 곳에 찾아오곤 했었다
올해부턴 손주도 같이 올 거라 했었다

나가려고 하는데 전화가 걸려온다
독감... 가을과 함께 찾아온 불청객
지난밤 내게 떠나 손주에게 갔나 보다
올해 밤은 모두 다람쥐들에게 양보다

하루살이

하루를 살아도 널 위한 날개와
너만을 위한 심장을 가져라
하물며 100년을 사는 인간들에게
조물주는 필요한 것을 주셨거늘

우리가 다 팔아먹고 망가뜨리고
썩어가는 몸으로 디디고 섰으니
하루살이와 같은 정신병을 얻고선
어디 일장춘몽 백년대계를 읊을꼬

가을로 가는 문턱

비바람에 불어오는 바람이
부드럽다 못해 차다
끝끝내 안 가겠다는 여름이
이렇게 끌려서 나가는구나
재판장에 선 매미들도
결국은 이렇게 넘겨지는구나

가을로 가는 문턱에서
책 한 장이 이렇게 넘어가고
너와 나의 사랑의 장이
새롭게 펼쳐지길 나는 바란다
새파랗게 어린 시절이었다면
이제는 갈색빛 연륜의 시기라

맛있게 익어가는 열매를
시기한 강렬한 태양 빛에도
네 마음은 타지를 않았구나
근데 이 그을음은 무엇인가?
그대 비전이라는 폭죽이구나

열정이라는 이름의 화염이구나

나이

나이가 젊다는 것은 인생의 희로애락을 몰라
자기 마음껏 새로운 인생을 그릴 수 있다는 것

나이를 먹는다는 건 TV 프로그램 하나를 봐도
추억에 젖어 눈물 주르륵 흘린다는 것

시인의 나이에 들어섰다는 건 이 두 가지 나이대를 알고
눈을 가만히 감고 이 두 사이를 헤엄쳐 다닌다는 것

가을비

가을비에 무지개를 탄 게 누구지?
비만 오면 노랑 빨강 보라 물을 들인다
가을비에 설탕을 탄 게 누구지?
비가 오면 감 배 사과 귤 맛있게 익는다

멋있게 물들이면, 맛있게 익으면
겨울부터 기다리고 기다린 나는
멋있게 보고, 맛있게 먹고...
또다시 즐거운 사계절을 보낸다

겨울비

봄의 비는 생명을 틔우는 비
여름비는 땅을 식혀주는 비
가을의 비는 널 보고 싶은 비
겨울비는 눈 꽃송이 하얀 비

그중 네가 가장 좋아하던
하얀 비는 이제 내리지 않고
눈물방울 맺혀 주르륵 흐르다
창가에 딱딱하게 굳어 버리고
굳어진 마음만큼 세찬 바람은
숨 쉴 새도 없이 몰아치는데

가만히 숨죽이고 봄 올 때까지
봄비 맞으며 네 이야기 들으면
마음속 응어리는 풀어지고
새로운 시작을 예감하는데

올겨울엔 하얀 비 같이 보겠지
너와의 시간은 쏜살같이 지나고

하얀 비가 내리던 어느 날 오후

어느샌가 사라져 버린 너

그리고 편지가 놓여있었지

안녕~ 헤어지기 좋은 계절이야

수국

수국 만발한 길 가운데서
사랑을 노래하는 천사여
해가 지고 밤이 되어서야
진심 어린 노래 그치네

변덕스런 처녀의 꿈에
취해서 술 한 잔 마시고
밤이 지나 새벽 돼서야
잠이 드는 슬픈 수국아

사랑의 노래 영원할진대
오늘도 같은 노래 부르고
그대 진심이 통하기를
아침 이슬에 또 당부하네

그대 아름다운 수국이여
창포물에 머리 감고
새초롬한 얼굴로 나가서
다른 꽃들과 교감하리라

Mu$ical

자본주의 시대, 폿값으로 표를 산다.

VIP 같은 R석, R석 같은 S석

내 표를 주면 난 하루만 당신의 연인

물 외에는 반입 안 된다는 멘트는 고급진 립서비스

런던 뮤지컬 극장, 뉴욕 브로드웨이 가봤니

전용 극장으로 합리적 가격의 폿값

일부 극장들은 공연 전후 음식 식음 가능

비싸다고, 조용하다고 다 고급스러운 게 아니야

하긴 비싼 돈 내고 왔으니 호사스러운 분위기 누려봐야지

공연 전후는 오히려 시끌벅적할수록 더 고급스러운 거야

고스톱

못 먹어도 고!
고고고-
사촌 언니에 대한 기억은 그랬다
어릴 적 명절 때마다 빠지지 않은 게 이 고스톱이었다
사촌 오빠는 늘 한편에서 광을 팔던 게 기억이 난다

늘 어르신들 돈을 싹 쓸어갔던 언니, 오빠였지만
그 돈은 내게 치킨과 피자가 되어 돌아왔다
돈이 남으면 그 시절은 캔맥주를 사서 노래방에 갔었다
한껏 노래를 내지르고 나면 콜라를 마시는 게 우리의 순서였다

지금은 너무 바쁘지만 가끔씩 인터넷이나 스마트폰에
고스톱 게임 광고가 뜨면 지금도 그때가 그리워지곤 한다.

곰 아저씨, 연어 선생님

곰 아저씨!
초목이 푸르른 삼림에 터 잡고 사시는 곰 아저씨!
우리 연어 선생님은요...

그 험한 바다 마다치 않고 살다가
강을 건너서 폭포수를 뚫고
운명을 걸고 돌아왔지요.

엄동설한에 부동하시는 곰 아저씨!

쑥과 마늘만 먹던 건 옛날이야기고요.
열매도 벌꿀도 먹을 게 많은데
연어 선생님 좀 봐주시면 안 될까요.

그럼 친구한테 곰 같다고 놀린 거 취소할게요.

구름

너 한 꼬집 나 한 꼬집
바람이 불어오면 휙휙 날아간다
때로는 할아버지 눈썹에 걸리기도
어떨 땐 태양에 스며들기도 한다

사촌 동생 졸업식에
어김없이 휙휙 저어 말아준다
혀를 갖다 대면 입안에 스며들고
때로는 혓바닥을 파랗게 물들인다

너 한 꼬집 나 한 꼬집
뭉실뭉실 뭉게구름 떠 있는 날
솜사탕 한 입 크게 물은 채로
바람개비 돌리면서 노닌다

그대는 내 마음의 쉼표

그대는 내 마음의 쉼표
잠시 쉬어가라고 말을 거네요
이 시를 보며 잠시 쉬어가세요

그대는 내 마음의 따옴표
재밌는 얘기를 들려달라네요
아재 개그도 있으니 주의하세요

그대는 내 마음의 물음표
나에 대해 모르는 게 많았나 봐요
누구나 비밀은 있으니 적당히 해요

그대는 내 마음의 느낌표
이제 드디어 깨달았나 봐요
여기까지 읽은 네가 바보라는 걸

그대는 내 마음의 마침표
이제 나와는 끝이라고 하네요
다음 시에서 웃으며 다시 만나요

그림

출렁이는 바다와
드높은 저 하늘은
쪽빛 그라디에이션

붉은 점 하나 찍으면
피어오르는 태양
빨간색 그라디에이션은
저물어 가는 태양

점묘법으로 초록색 찍으면
푸릇푸릇 살아있는 이파리
고동색으로 칠하는 건,
튼튼한 나무의 기상

그림에 너만 있고 나는 없네
나는 그림을 그리니깐?
아니, 나는 널 보내줬으니깐

밤색 기다림은 그리움을 모른다

밤색 기다림은 그리움을 모른다
오직 날이 밝기만을 기다릴 뿐
그리움을 모르기에 애틋함도 없다

날이 밝아 적색이 떠오르면
기다림은 따분함으로 모양을 바꿔
애틋함의 목을 조르기 시작한다

밤색 기다림은 설렘도 모른다
손잡아 설레었던 적이 있던가
설렘을 모르기에 외로움도 없다

오후가 되어 황색이 지배하면
설렘은 실망감으로 모양을 바꿔
외로움의 손을 잡고 걷기 시작한다

외로움이 손을 잡기 시작하자
설렘이 무엇인지 조금 깨닫고
밤색 기다림은 그리움을 알았다

기상(氣像)

너 바다와 같은 기상 품으면
푸른 물결처럼 젊을 것이고
하얀 파도처럼 순결하겠고
깊이만큼이나 속 깊을 것이다

너 나무와 같은 기상 품으면
뿌리처럼 강하고 질길 것이고
나이테만큼 연륜 있을 테고
나뭇잎처럼 유연할 것이다

너 산과 같은 기상 품으면
정상석과 같이 우직할 것이고
바위처럼 무던하게 있을 테고
나무들처럼 어울릴 것이다

우리 사는 인생 매한가지
이리 살든 저리 살든 나이 들고,
바다와 나무와 산과 같이 살면
백 년을 살아도 걱정이 없겠네

꽃은 피어야만 꽃인가요

꽃은 피어야만 꽃인가요?

아직 피지 않은 꽃망울도

네 가슴에 꽂히면 이미 꽃인걸

산은 올라야만 산인가요?

아직 가지 않은 산봉우리도

네 마음의 산이면 이미 선인(仙人)인걸

정은 주어야만 정인가요?

아직 주지 않은 정이라도

내 진심의 정이면 이미 연인인걸

적은 죽여야만 적인가요?

아직 죽지 않은 적이라도

내 내면의 적이면 이미 죽은 것을.

꿀 찬스

날이 개고 햇살이 창으로 스멀스멀
너와 나의 날씨도 이랬으면 좋겠다

한 달 넘게 저기압과 고기압이 만나
지리멸렬한 장마 전선에 놓인 너와 나

이젠 떨치고 일어나서 두 손 잡을 때
어두운 구름 거두어 내고 화해할 때다

화창한 봄 날씨에 꽃향기 맡아가며
그렇게 강으로 들로 이야기하러 가자

운전은 내가 하고 밥도 차도 내가 산다
넌 그냥 손만 잡아주면 되는 꿀 찬스

나뭇잎 과자

바스락거리는 나뭇잎 과자를 구워내느라
그렇게 나무는 오래도록 서 있었나 보다

겨울 오면 다시 밀가루 솔솔 뒤집어쓰고
봄으로 예열을 하고 여름으로 내리쬐어
다시 또 그렇게 과자를 구워내겠지

해마다 손목은 더욱더 굵어지고
때 되면 식탁과 의자로 봉사를 하고,
할머니 과자를 만드는 땔감으로 쓰인다

할머니는 묘목 시장에 다녀오시고
나와 함께 산에다 나무를 심으신다
애야, 세상은 돌고 도는 것이란다

할머니는 올해로 망백(望百)이셨다.

그림쟁이

모나리자 그림을 보러 파리에 줄을 선다.
그림 한 점의 관광 효과는 상상을 초월한다지

명품을 사러 백화점에 줄을 선다.
샤넬 로고가 붙으면 방정식같이 가격을 풀어내야 한대지

아이들은 어려서부터 브랜드에 줄을 선다.
나이키 옷에 운동화를 신기고 부모들도 흡족해한다지

지금 당신이 들고 다니는 스타벅스 로고를 위시하기 위해
우리가 20분 만에 후다닥 밥 먹고 커피 한잔하는 사이,
그림 선진국에선 2시간씩 느긋하게 밥 먹고 디저트까지 먹는걸.

한류 문화를 즐기러 서울에 줄을 선다.
그림이 빠진 한류는 반쪽짜리 한류라고 그림쟁이들은 말합니다.

나의 손 뻗어서

나의 손 뻗어서
닿을 수 있는 데까지
나에게 다가와
내가 네 손 잡아줄게

이제는 모두다
용서할 마음 있는데
딱딱하게 굳어진
마음 촉촉해졌는데

너의 손 뻗어서
닿을 수 있는 데까지
너에게 갈 테니
네가 내 손 잡아주렴

어제의 아픔 다
거두어 내 버리고
새로운 맘으로
다시 시작할 수 있게

일곱 색깔 무지개는 달무리에 산다

달은 태양이 아끼는 거울이다
그런데 자꾸 달이 도망간다
지구 뒤에 숨기도 하고
지구 옆에 숨기도 한다

그런 달을 묶어두려고
태양은 무지개 끈을 가져온다
지구에서 보는 무지개는
실은 달을 잡으려는 덫인 게다

그에 당할 달이 아니다
무지개가 없는 밤에만 슬며시
종횡무진으로 행차를 하며
태양을 골려주기까지 하는데

화가 난 태양은 밝은 보름달이
쉽게 빠져나가지 못하게
달을 둘러싸고 덫을 놓는다
달무리에 덫을 놓는다

일곱 색깔 무지개는 달무리에 산다

그러자 무지개가 투덜대면서
보름달 달무리에 눌러앉는다
일곱 색깔 무지개는
달무리에 산다.

무지갯빛 이파리가 피었네

눈물이 글썽글썽 금방이라도 뚝뚝뚝
창밖을 보는데 비가 오려 하나 봐
우산을 든 신사는 내가 아니었는데
바보야 왜 거길 향해서 가니

너의 눈물 넘치고 흘러 비가 오는데
금세 마를듯한 너의 희미한 미소
우산 속의 연인은 내가 되었어야해
더는 못 봐주겠어 내가 가겠어

참 우연이란 게 이렇게 절묘한가 봐
내가 가자마자 뚝 그친 소나기
신사는 너를 두고 도망가고 있었어
너만 아니면 쫓아가고 싶었지

비가 그치자마자 햇살이 내리쬐었어
네 눈물은 나뭇잎에 떨어진 거야
신사는 이제 없고 나랑 너만 남았네
무지갯빛 이파리가 피었네

날개를 펴면

화려한 공작새는 말해 무엇하랴
산천에 누워 지낸 공명을 말해 무엇하랴

너, 지금 바닥에 엎드리어 하늘로 비상을 꿈꾸는 너
네 안에 감춰진 날개를 펴면 몸짓은 비범해지고
하늘의 별도 따서 날개에 품을 수 있을진대
왜 하찮은 벌레처럼 땅속에 기어들어 가려 하는지

날개를 펴면 크게만 보이던 세상도 작아 보이고
세상에서 널 보던 이들에겐 네가 커 보일 텐데
심호흡 한 번 하고 날개를 펴자

노래

숨 막힐듯한 너의 포옹에
잠들 새도 없는 나의 가슴은
새로운 노래로 잠을 청하고

영원할 것만 같았던 악몽도
너의 손길에 끊어져 버리고
참다운 노래만 남아있는데

높이 높이 불러라 네 노래들
듣는 이 하나 없어도 부르리
경이로운 점 하나 남길 지리니

인생의 마침표를 찍었다면은
너의 노래가 끝났다는 것
박수갈채가 이어질 지리니

의미 없는 삶의 욕심을 버리고
노래하라 그리고 점을 찍어라
점에서 다시 시작할 자 있으리

담배 1

담배 한 개비를 손에 들고 불을 붙인다

담배 한 개비에 뱀이 똬리를 틀고

담배 한 모금 빨아내면 뱀 대가리가 내 머리를 삼켜버린다

다시 한 모금 내뱉으면 삭아버린 내 머리가 드러나고

한 모금 다시 빨면 뱀과 녹인 담배 연기를 들이마신다

결국, 꽁초까지 피고 나면 내 머리엔 뱀 머리가 올라오고

내가 피는 건지 뱀이 날 피는 건지 알 수 없는 상황

멍

사시사철 불멍을 때리는 내게 온 당신,
불멍만 때리지 말고 나와는 달멍을
우리 친구들과는 별멍을 때리자 했지

그래도 나는 불멍이 좋아 계속했었지
달멍은, 별멍은 따뜻하지 않아서 싫다는
내 가슴 속의 이야기는 하지 않았지만

그러던 어느 날 마시멜로를 가지고
나타난 그에게 반해 난 그를 따랐지
달멍도 별멍도 그닥 나쁘지는 않더라는

초승달이 두 개의 별과 키스하던 날
난 달멍과 별멍도 따뜻할 수 있다는걸
그의 입술을 통해서 알 수 있었고
이젠 그의 얼굴을 멍때리며 보는
얼멍을 하는 행복한 한 소녀가 됐지

다람쥐

가을밤 영글자 다 따 가고
한 뭉텅이만 덩그러니 남겨졌네
흔들어보고 돌로 던져보아도
꿈쩍 않고 그 자리에 남아있는데

"이만 가자, 다람쥐도 먹어야지."
하는 할머니 말씀에 자리를 뜨자
뭉텅이가 가지째 떨어지는데,
할머니 눈치에 줍자는 얘긴 못 하고

"다람쥐 먹기 편하게 벌려 놓을게요."
하고는 발로 벌리며 몰래 줍는다
두둑해진 바지 주머니를 보시곤
할머니가 빙그레 웃으시더니

"내 새끼가 다람쥐구나." 하신다
지금은 떠나고 안 계시지만
그날의 추억을 생각하면
할머니가 그립도록 보고 싶다

단골

그녀와 휴가를 떠나기로 약속했는데
그녀는 나를 떠나겠다고 합니다
예약했던 모든 일정을 취소하고
우울한 휴가를 홀로 보내기로 합니다

오전부터 내리쬐는 뙤약볕에
에어컨에 매미 떼처럼 붙어있다가
입 마름을 토로하며 고인 물을 벌컥벌컥
주린 배를 담배 연기로 달래봅니다

해 질 녘에 담배를 사러 나섰다가
순간 얼어붙었습니다. 그녈 봤거든요
그녀는 과일을 고르고 있었습니다
내가 제일 좋아하는 백도 복숭아...

여기까지 와서 백도 복숭아를 산다면
분명 내게 올 게 분명했습니다
서둘러 집으로 가려고 발을 떼는데
그녀는 승용차 옆좌석에 타더니 슝-

그녀도 여기 과일 집 단골이 되었나 봅니다.

연필과 지우개

알아요. 연필로만 그린 내 사랑은
언젠가 지우개로 다 지워내야 한다는 걸
차라리 그게 나아요
그가 와서 크레파스로 그렸다면
쭉 찢어서 휴지통에 버려야만 한다는 걸

알아요. 지우개도 계속 쓰면 닳아서
언젠가 눈물 한 방울 나오지 않겠죠
차라리 그게 나아요
새 지우개로 박박 문질러 지운다면
눈물만 많아지고 너무 슬퍼 보이니깐

연필과 지우개가 노니는 사이
크레파스 형님 물감이 그림 그리고
조금 틀려도 돼. 사랑은 원래 다 그래
우리 사랑도 차츰차츰 완성되는데
연필과 지우개는 이제 필요가 없네

점

점.

점점 더 커지는 점.

블랙홀처럼 모든 걸 집어삼키려는 점.

시를 한 점, 두 점 세는 것은

그런 점같이 되라는 것이리라

그림 한 점, 옷 한 점 – 예쁜 점.

고기 한 점, 회 한 점 – 맛깔난 점.

시도 그렇게 써지고 세어질 수 있을까

바람 한 점, 구름 한 점 없는 날씨

난데없이 빗방울이 한 점, 두 점 떨어지기 시작한다

'좋은 시도 그렇게 하늘에서 떨어지면 얼마나 좋을까'

시인은 서둘러 이 시의 마지막에 점 하나를 찍는다.

오늘 또 하루 자랐네

그대 오늘 또 하루 자랐네
시린 언덕에도 힘든 암초에도
오늘 또 하루를 살아내고
결국, 또 하루를 자라내었네

누가 당신을 늙었다고 하는가?
새파랗게 젊은 어린 것들도
꿈이 없으면 또 하루 늙는 것을
그대 오늘 또 하루 자랐네

아무 생각 없이 좀비같이 사는
이 시대 불 꺼진 늙은이들에게
젊음의 파도를 타고 서핑하는
그대 앞장서서 하루 자라리니

하루하루 열심히 자라다 보면
더 이상 자랄 날이 없을 때까지…
묘비에는 이렇게 쓰일 것이다
'어제까지 자라다 잠이 들다'

물음표, 느낌표

점 하나 찍어놓고 물어물어 간 그곳은?

후크선장의 갈고리같이 물음표가 되었네요

가만히 뜯어보니 물음표는 답을 얻기 위한 귀 모양을 닮았어요!

이번엔 한 번에 일직선으로 점을 향해 돌진하는 느낌표

물음표가 귀를 통해 마침내 답을 얻는다는 뜻이라면

느낌표는 무릎을 탁 치며 무언가를 깨닫는다는 뜻 아닐까요

마침표가 닻을 내리면, 잠깐 쉬어가자는 쉼표가 됩니다

우리 삶에서 쉼표와 물음표가 많으면 느낌표도 많을 것입니다.

정글

수도 없이 헤쳐나가야만 너에게 닿을 수 있는...
북두칠성을 보고 나침판을 들여다보고 간다
운이 좋아 오로라라도 만난다면 여행은 잠시,
텐트를 치고 모닥불 피어놓고 잠을 청한다

정글 같은 우리의 인생도 응시해야 할 무언가가 있다면
험난한 가운데도 오로라 같은 축제의 시간이 있다면
바쁜 와중에도 불멍을 즐길 수 있는 여유로움이 있다면
정이 가득 담긴 글... 정글로 그대를 위로해 줍니다.

읽으면 연애가 시작되는 시

이별의 아픔을 눈물로 씻어 내기 위한 그리움에 대한 시

떠나간 사람의 이름을 메워내기 위한 새로운 사랑에 대한 시

하지만 우리가 진정 원하는 것은 떠나간 사랑을 지우기 위한 시가 아닌

그냥 어제까지 아무 일도 없었던 것처럼 오늘 새로운 사랑이 시작되는 시

읽으면 사랑이 시작되는 시, 읽으면 연애가 시작되는 시, 바로 그런 시

읽으면 연애가 시작되는 시

자본주의자 시인

좋은 시 한 편은 감동을 주고
그 종이는 천만 뷰를 넘겨
책 종이만 팔아도 수억 원은 되겠네

나쁜 시 한 편은 본인도 안 읽고
낭비된 책 종이만 수억 원은 되겠네

나쁜 시 이면지에 좋은 시를 적어 팔면
낭비되는 종이도 없어 좋겠지만
자본주의자 시인이라 하지 않겠네

밤

밤꽃 향기 물씬 풍기더니
어느새 툭 떨어진 밤,
새들에게 다람쥐에게 양보하라는
밭일 나가신 어머니 몰래 후드득 거두어 온다

어머니 오시면 밥 대신 솥에 자글자글,
밤 까 먹는 재미가 여간 재미진게 아니다
어머니는 아버지 생각에 연신 눈물을 훔치시고
장롱 속에서 아버지 사진을 꺼내시고는
이내 밤을 그릇에 받쳐서 제를 올리신다

아버지 기일이 밤 나오는 계절임을 그제서야 깨닫고,
밤을 거두지 말라 당부하신 어머니를 뵐 면목이 없었다.

애원 2

비바람 멎은 곳에
너도 멎어 있었으면
가을 낙엽 떨어진 곳에
너도 함께 있었으면

고이 고운 너의 입술
몰래 훔치려다가
마음만 도둑맞았지
도망하는 널 본다

다가갈수록 멀어지는
요술 같은 방정식에
방정맞게 널 잡았지
그리움은 나의 몫

애원하면 이루어지리
그렇게 불러보지만
낙엽은 바람에 날리고
너도 함께 날리어간다

저녁노을 무지개를 보았지

저녁노을 무지개를 보았지

날이 아주 맑던 날 비바람 속에

내가 아주 큰 스푼을 가지고

구름을 한 숟가락 떠먹었었지

새벽별에 아지랑이 보았지

매우 춥던 날 너의 손바닥 위로

혹시 네가 추워 주먹 쥘까 봐

별 하나 손 등 밑에 숨겨두었지

무지개 위 아지랑이 보았지

펄펄 끓는 주전자 손잡이 위로

햇빛이 집 안에 활짝 들라고

집안 유리창을 아예 없애버렸지

저녁노을부터 새벽별까지

잠들지 않았던 달을 보았지

달무리에 무지개가 걸려있었고

그 위로 아지랑이 피어오르네

이별 3

새벽 빗소리에 잠에서 깨고
주전자를 보니 물이 비었다
어젯밤 물 채울 정신도 없이
잠에 취했던 기억이 난다

오늘은 또 무얼 하며 보낼까
아침 해장국에 술 한잔할까
오후 날이 개면 널 보러 갈까
아, 참! 너와는 어제 헤어졌지

머리가 아픈 것이 어제도
술 한잔하고 잠이 들었다
오늘은 일찍 들어와야겠다
네가 일찍 좀 다니라 했으니

물안개 피어오르는 눈물 강

하나둘씩 모여드는 연어는
바다의 짠 내를 가득 싣고
강을 거슬러 올라가며
눈물로 짠 내를 뱉는다

짠 내 풍기는 연어의 눈물에
민물고기의 눈이 따끔따끔
슬픈 연어의 이야기 듣고
눈물 흘리지 않을 수 없다

강은 눈물바다가 되고
연어는 미안한 마음에
강을 떠나 계곡까지 오르고
후세를 위해 희생하는데

소식을 접한 민물고기들은
만사를 제쳐두고 울었고
강물은 눈물로 불어나고
물안개는 피어 강을 덮었다

담배 2

담배는 양면을 다 태운다
한 면은 네 몸에 스며들어 장기를 태우고
한 면은 바깥으로 내뿜어져 가족을 태운다

담배는 양면을 다 태운다
한 면은 네 주머니에 스며들어 재산을 태우고
한 면은 너의 애간장을 태우며 시간을 태운다

언제든 끊을 수 있다 자신하지만
아침 담배라도 한 대 무는 순간 흡연자라는걸
담배를 모아놓고 다 태워버리리
한 번에 잡아야만 이길 수 있는 빌런처럼

너에게 담배를 권했던 누군가가 있듯이
금연을 권하는 누군가가 되어줄 수 있기를
저녁나절 시원한 바람 맞으며 이야기해 준다

바람

쪽빛 하늘을 벗 삼아 바람아 불어라
젊은 날의 기상을 벗 삼아 불어라
네게도 닿는 그날이면 우리 일어나
한반도기 손에 들고 날리우리니

남쪽에서 이는 바람은 자유의 바람
추운 겨울은 봄날을 막을 수 없고
수많은 별들도 태양을 이길 수 없듯
고요한데 흐르는 변화의 서막 들리네

가을 하늘 드높듯 한 우리네 기상
역사는 말하네 이곳이 우리 땅이라
한민족이 움켜쥐고 호령했던 곳
그 어떤 외세에도 지켜내리라

바람아 불어라 한반도기를 날려라
북쪽에서 이는 바람은 변화의 바람
바람은 바람을 타고 간절함을 전하고
역사에도 없던 평화와 번영 이루자

존재

하얀색 스틱을
선생님이 잡으면
학생들을 가르치는
고마운 분필

길 가던 아저씨가 잡으면
내 아이에 해로운 담배

기상 캐스터가 잡으면
날씨를 예보하는
유용한 정보 도우미

이렇듯 작은 존재도
그 역할에 맞게
창조되었는데

나는 무엇을 위해
존재하는 걸까

이 아침을 여는

물 한 모금도

내 몸에 들어와

이 시를 쓰게 하는구나

사랑은 언제나 편집 중

그녀가 좋아하는 음식이 무엇인지
그녀가 좋아하는 색과 취미는 무엇인지
모든 것을 그녀에게 맞추기 위해
내 사랑은 언제나 편집 중이라네

그러나 그녀는 내게 이렇게 말했지
넌 내 스타일이, 내 취향이 아니라고
내 사랑은 언제나 편집 중이라도
나 자신은 그녀에게 맞춰주질 못했던 거야

그러던 어느 날 그녀가 얼마 못 산다는 걸 알게 되었고
그녀가 좋아하던 그 아이도 그녀를 떠났다는 걸 알았지
난 그 아이에게 찾아가서 편집 중인 내 사랑을 펼쳐놓고
제발 그녀를 위해 하루만 데이트해 달라고 애원했지

그녀가 좋아하는 레스토랑에서 그녀가 좋아하는 옷을 입고
그녀가 좋아하는 장르의 영화를 보고 한강 데이트까지...
그날 이후로 둘은 사랑에 빠지고 난 둘 사이에서 빠졌지만
사랑의 편집자답게 쿨하게 그 둘을 축복해 줬지

스케이트장

찬 바람 불어와 낙엽을 날리면
따뜻한 차 한 잔에 몸을 녹이고
그 옛날 동네의 스케이트장에서
호호 불어 먹던 사발면 기억해

10년이면 강산도 변한다던데
살던 동네의 연못도 자취 감추고
차가운 콘크리트의 아파트가
자연을 대신하여 우뚝 섰는데

추억은 내 안에 콘크리트처럼
개구리알, 잠자리 잡던 어린 날
눈을 감아도 자연히 그려지는데
누구도 빼앗을 수 없는 내 추억

시간이 흐르면 깨닫고 말겠지
빙판이 매끄러운 실내 스케이트장
그것보다 얼음에 걸려 넘어지던
내 스케이트장이 더 좋았다는걸

사랑 에세이

시인의 하루는 슬픔과 기쁨의 연속이다
깊은 슬픔 가운데 하나의 시를 토해내고
숨 가쁜 기쁨 가운데 하나의 시가 탄생한다

시인은 교우와 함께하는 술 한 잔도 애잔하고
아이의 웃음 가운데 시원한 청량감을 느낀다
사랑했던 기억은 시인을 쥐어짜 시를 뿜어낸다

아— 하나의 애달픈 사랑은 하나의 그리움을,
하나의 그리움은 하나의 아픔을 남길 뿐이건만
그토록 새로운 사랑에 매달렸던 젊은 날들이여

시인이 되어 그 아픈 상처의 딱쟁이를 긁어
시로 만들어 그대들과 독자들에게 바치나니
이 시를 본들 사랑을 마다할 젊은이가 있을까 한다.

산행

먹는 즐거움보다 굶는 즐거움을 알아야 살이 빠지고
노는 즐거움보다 공부할 때 즐거움을 알아야 점수가 오른다

혼자일 때 편안함보다 함께일 때 불편함을 즐겨야 인맥이 생기고
내 일만 할 때보다 남의 일도 함께 챙길 때 승진의 기회가 생긴다

산행 중 오르막길에서 내리막길을 만날 때 하수는 즐거워하지만 고
수는 한숨을 쉬고
내리막길에서 오르막길을 만날 때 하수는 괴로워하지만 고수는 유유
자적한다.

덫

한 걸음 내디디면 안 되는 상황
내 인생은 그 목전에 있었습니다
하지만 알면서도 밟을 수밖에 없었던
지난날을 되뇌며 속으로 끙끙 웁니다

보이스피싱이라는 이름의 덫
고리 사채업이라는 이름의 덫
불법 다단계업이라는 이름의 덫

하지만 무엇보다 두려운 건 사랑이라는 이름의 덫
그렇게 또 알면서도 내달리는 내 영혼은
그대라는 아름다운 이름의 덫에 걸려 방황하고 있네요

덫에 걸리면...
상처가 덧나지 않게 위로라는 이름의 연고를 발라주세요
아쉬움이 남지 않게 듬뿍듬뿍 발라주세요
그런데 어쩌죠 상처가 아물기도 전에 다른 덫에 걸려버린...
병신같은 나는 잊고 그대 저만치 떠나가도 할 말이 없네요.

산, 꿈, 시

산은 너에게 오라 부른다

하지만 바라만 보아도 멋진 산

꿈은 너에게 꾸라 부른다

하지만 잠결에 보아도 예쁜 꿈

시는 너에게 보라 부른다

하지만 눈빛만 스쳐도 좋은 시

지천명(知天命)

나 오늘 눈 감고 인생 돌이켜보면
거짓 가짜 가득한 허상 속 살았네
무엇이 참이고 무엇이 거짓인지
참 아둔하고 어리석었구나

무엇 하기 위해 그렇게 살았을까
결국, 오늘도 그 무엇 찾아 헤매네
무엇 얻기 위해 그렇게 살았을까
결국, 남은 건 아무것도 없는데

소중한 시간을 의미 없이 보냈네
인생의 행복을 공상하며 찾았네
정신을 차려보니 모두 떠나가고
허망함이란 삶의 경험만 얻었네

하늘의 명을 깨닫는 나이에 이르러
이제서야 몸서리치며 나아가는데,
아직 반백 살이 남았음에 감사하며
세상 모든 걸 밝게 보며 살겠노라

가을빛 무지개에 사는 달님

가을빛 무지개에 사는 달님!
춥지도 덥지도 않아 좋으시죠?
습하지도 건조하지도 않게
무지개도 어깨에 걸쳐드렸죠

바람 불어와 코가 맹맹할 때면
해님으로 비춰서 치료해 주고
무지개로 어깨가 결린다 하면
별빛이 따끔따끔 안마해 주죠

가을빛 무지개에 사는 달님!
우리 삶도 그렇게 좋으면 해요
좋은 계절은 짧게 지나가고
험난한 계절 기니 어찌할까요?

그래도 짧은 좋은 시절 바라고
살 수 있어서 견딜 수 있다죠
어차피 우리의 삶은 짧디짧고
영원한 삶은 좋은 계절일 거예요

시 나무

시 나무를 한 그루 심고
시인은 휴가 갈 준비를 한다
비구름은 독자들에게 맡기고 홀로 떠나는 여행

여행에서 돌아오면 시 나무에 열매가 주렁주렁
시 따먹을 기대에 부풀어 너무나 즐거운 휴가를 떠난다
휴가지에서는 시상이 떠올라도 뭉개버린다

하지만 신작 시가 끊기자 성난 독자들이 비구름을 거둬버리고
시 나무는 시름시름 말라 죽어갈 위기에 처하는데,
연인으로부터 카톡 메시지를 받은 시인은 부랴부랴
휴가지에서 신작 시를 써서 카톡으로 답장을 보낸다

하지만 시인을 독차지하고 싶은 연인은 신작 시를 혼자 먹어 치운다
시인이 돌아왔을 땐 이미 시 나무는 운명을 다하고
그날부터 시인은 열심히 시를 쓴다. 시 나무 같은 요행은 부리질 않고

시 읽기 좋은 계절

가을은 책 읽기 어려운 계절
산으로 들로 놀러 다니기 바쁘다
그래서 책 읽기 좋은 계절이라고
캠페인을 주구장창 벌이는 게지

가을은 시 읽기 좋은 계절
맘에 드는 시집 한 권 가볍게 들고
산으로 들로 놀러 다닐 때
마음이 동하면 한 장 읽으면 된다

내가 읽은 시 한 편 한 편은
산과 들과 강과 바다와 어우러져
한 편은 잘 써 내려간 수필이 되고
다른 한 편은 소설이 된다

가을은 시 읽기 좋은 계절
사랑하는 임과 같이 읽으면
다음 가을까지 사랑도 이어지리니
가을마다 같이 읽고 백년해로하자

손바닥

손 등 위로 반짝반짝 별이 뜨면은
손바닥은 네 시름의 무덤이 되고
손바닥을 쫙 펴서 내게 보이면
별들은 헤엄쳐서 하늘에 꽃피네

하늘에서 너를 보고 있는 꽃들이
네 인생의 수호천사 별님들인데
오늘을 길게 울어 무엇 할 거며
한숨이 긴다 한들 무얼 얻을까

누군 쓰러지고 누군 일어서겠지
고난의 시험을 통과해야 하거늘
뜨거운 태양을 버텨내는 테스트
기억을 더듬어라 태양도 별인걸

손 등 위로 따끔따끔 해가 뜨면은
손바닥은 네 환호의 보물섬 되고
손바닥을 쫙 펴서 내게 보이면
태양은 헤엄치며 대지를 적시네

델피니움

왜 당신은 나를 싫어하십니까
하늘의 푸른 빛보다 더 푸르른 쪽빛 날개를 달고
델피니움 그대는 나의 손을 끝내 떠나지 못하였네

쉽게 변한다는 그대 속 사람의 마음을 헤아리어
나의 영웅이 되어주길 그토록 기대했건만
끝내 내 마음을 헤아려 주지 않은 채 거만한 손짓 하고 있네요

그대. 나의 사람아
여기 델피니움 한 송이를 드릴 테니 저 기찻길 옆 꽃집에 들러
붉은 장미 한 송이 더하여 격정적인 우리의 만남을 세상에 토로하고
끝내지 못한 여정의 마무리를 마법이라도 부린 듯 보랏빛으로 불태
워 내리라

창

바다로 나가면 늘 창이 보인다
어떤 창은 예쁘고 아름다운 창
어떤 창은 시원하고 멋있는 창
어떤 창은 기회와 도전의 창

너와 처음 만났던 여름 바다와
너와 애매하게 헤어진 겨울 바다
바다는 내게 기쁨과 시련을 줬고
나에게 바다는 그리움의 창이다

그리움의 창을 열면 네가 보이고
그 배경에는 늘 바다가 보인다
네 앞에서 열쇠와 함께 윙크하고
나를 보고 웃는 너와 창으로 간다

창을 열어라! 도전과 기회의 창을
창을 열어라! 꿈을 크게 가지고
누구도 열지 못했던 대양의 꿈을
멀리 던지고 힘차게 잡아 올리자

오페라의 유령

눈 감으면 떠오르는 너의 실루엣
몇 날 밤을 고생시켜 잠은 안 오고
보고 싶다 보고 싶다 생각해 봐도
신기루처럼 잠시 떠오르고 마는데

너의 얼굴 아련하게 기억이 나고
잡힐 듯이 잡힐 듯한 너의 손끝에
새로운 영감 떠올라 거친 숨 쉬고
너의 그림자 따라 오르내린다

빗물에 비친 네 모습도 아름답고
눈물에 번진 네 모습도 그러하다
바라볼 수만 있고 만지지는 못해
더욱 그리운 나의 사람 그대여

오페라의 유령처럼 정체를 밝히고
너의 노래를 모두에게 들려다오
밤이 지나고 아침이 밝아오면
모두 알게 되리 나의 사랑이여

도약

새벽 공기 가르며 찾아온 이 거리
이슬마저도 맺히기 전 이 시간
눈 감지 않아도 꿈꿀 수 있는 건,
세상 모든 이들의 꿈 이룰 테니까

아침 햇살 눈 부셔 가린 눈 위로
붉은 태양 빛이 눈 안에 가득해
눈 뜨지 않아도 볼 수 있는 건,
세상 모든 이들의 비전 알 테니까

그대 꿈만큼 커다란 비전을 갖고
알 수 없는 미래를 향해 도약하라
눈 감지 않아도, 눈 뜨지 않아도
태양은 떠오르고 대양은 요동치네

그대 과거의 아픔 잊고 도약하라
성숙한 만큼 강인한 정신력으로
시대적 운명을 그대 어깨에 메고
꿈틀거리는 역사를 써 내려가자

좋은 시절

아침저녁으로 춥고
낮에는 덥다고 투덜투덜
지금이 딱 좋은 계절인 거야

맥주 한 캔 못 사 먹고
공부에 치인다고 투덜투덜
지금이 딱 좋은 나이인 거야

지나 봐야 알지 한여름 되고
한겨울 되면 어떤 날씨인지
그때는 지금을 그리워할걸

술 마실 거 다 마시고
담배도 한 번 피워보면 알겠지
그때가 좋았던 시절이라고

나도 그래 지금 힘들어도
이렇게 여유 있게 시나 쓰고 있는
이때가 참 좋았을 거라 생각할걸

별 2

눈을 감자 떠오르는 별
별을 따라가자 만나는 너
별 떨어지면 축제는 시작되고

나만의 별을 넘어 우리의 별
너와 내가 하나 되는 별
우리 가슴에 빛나고 있네

대양 위에 뜬 별은 대한민국 별

대양 위에 뜬 별은 대한민국 별
작은 한반도에 뜬 것을 대양으로
밀어 밀어서 이만큼이나 왔네
모두가 부러워하는 대한민국 별

별이 중앙에 위치한 베트남도
별이 50개나 되는 미합중국도
달과 별이 사이좋은 튀르키예도
대한민국의 별을 부러워한다지

이만큼이나 별을 옮겨 온 분들께
잠시 감사하는 시간을 가지고
이제부터 빛을 밝게 키워나가자
아직 보이지 않는다는 나라 위해

대양 위에 뜬 별은 나와 너의 별
한 면 막힌 한반도의 숨통을 틔워
대양으로 진출할 기회를 키우고
대한민국의 새 시대를 열어나가자

모모랜드

그곳에 가면 왠지 모르게 아련한 마음
아직 널 잊지 못하고 넌 내 안에 사는데
너의 얼굴 너의 향기 너의 그림자까지
아직 내게는 그대로 다 남아있는 듯해

잊을 거라 잊을 거라 그렇게 각오했건만
왜 항상 최면에 걸린 듯 그곳에 가는지
너 없는 그곳은 적막을 넘어 두려움까지
내비에서 아무리 지워도 몸이 아는데

모모랜드 그곳은 꿈과 희망이 있던 곳
너와 함께 타던 회전목마는 멈춰 섰는데
내 기억 속 목마는 여전히 돌고 있었고
너의 실루엣이 목마 위에 언 듯 보였다

원 포인트 레슨

트레이너에게, 골프 프로에게
원 포인트 레슨을 받는다
하지만 그들도 못 잡아내는
내 인생의 바람직한 자세
너만이 잡아줄 수 있다는걸

드디어 너에게 레슨을 받는다
이리 치이고 저리 치이고
까다롭기가 보통이 아니다
그래도 또다시 링에 오른다
실전에서 즐겁기 위함이다

난 좋아하면 얼굴에 티가 난데
그럼 여자들이 밀당을 한다네
끌려다니는 연애는 하지 말라네
그래서 난 네게 티 내지 않으며
원 포인트 레슨을 받고 있다네

뚱보 아재와 말라깽이 아가씨

뚱보 노총각 아재는 키도 컸답니다
담뱃가게 말라깽이 아가씨를 짝사랑했었죠
하루에 두 갑씩 피우는 담배를 일부러 한 갑씩 사러 갔었죠

말라깽이 아가씨도 키가 컸답니다
동네 남자들에게 인기가 많았었죠
하지만 까칠한 성격으로 새침데기라는 별명을 갖고 있었죠

어느 날 온몸에 문신을 한 무서운 형님들이 담배를 사러 왔어요
그런데 잔돈을 거슬러 주는 중에 시비가 붙었나 봐요
형님들과 아가씨는 언성이 높아지고 흥분한 형님들이
담뱃가게 앞에 놓여있는 화분을 던지는 일까지 벌어지죠

이를 지켜본 뚱보 아재는 긴급히 담뱃가게로 달려가서
샤샤샥 샤샤샥- 일을 순식간에 수습하는데,
실은 뚱보 아재는 일선 사복경찰이었던 거예요

경찰 신분증을 꺼내자 형님들은 줄행랑을 치고
아가씨는 동화 속 주인공처럼 뚱보 아재에게 구출되고

두 사람은 그날 이후로 어떻게 되었을까요

네! 평생 행복하게 오래오래 살았답니다

시 낚아 올리는 손맛

시상이 떠올랐다

몇 가지 생각들을 글로 옮겨 본다

몇 장의 문장들을 이리저리 뒤집어 보고

몇 절은 튀기고 양념하여 소스에 곁들인다

시 낚아 올리는 손맛 여기까지라면 오산

만들어진 시로 독자들을 낚아 올리는 게 포인트

시 낚아 올리는 손맛 제대로 보네

아! 오늘 할 일 다 하고 집에 들어가면서

하늘 보며 운다.

마음의 소리

그대, 미소가 아름다운 그대
여의도에서 서울숲까지
한강을 닮은 그대의 미소

그대, 몸매가 아름다운 그대
품고 있는 아기까지 예뻐요
분홍색 자리를 내어줄게요

그대, 눈매가 아름다운 그대
내 눈매를 똑 닮았네요
로미오와 줄리엣인가요

그대, 마음이 아름다운 그대
그대의 마음 소리가 들려요
날 사랑하는 마음의 소리

외계

해가 져야만 볼 수 있는 달이 될 바엔
저 멀리에 갈 수도 없는 별이 되리라
뜨거운 태양도 거기선 한낱 별이겠건만
또 아는가 지구 같은 무언가 품고 있을지

저기 나의 별과 너의 별 사이에 놓인
수많은 행성들과 위성들 사이를 뚫고
나와 너의 만남 이루어지기를 고대하는
지구인을 닮은 누군가 있을지 또 아는가

너의 손

새벽 공기보다 차가운
너 없는 한낮의 햇살
의미 없이 허탈한 발걸음
그렇게 또 하루가 간다.

가슴의 상처를 움켜 안고
등 위로 토닥이는 손에서
추운 계절 칼날 같은 얼음이
생채기 내며 녹아내린다.

언제까지 영원할 것 같던
사랑스러운 너의 손 위에
지울 수 없는 상처를 남긴
이 못난 놈을 용서치 말라

그래도 아파서 살 수 없다면
내 몸의 쓸개라도 짜 내 발라
씻은 듯 아물게 할 수 있다면
나 그대 위해 이 몸 바치리

시 익는 마을

봄에 심었던 시가
여름날 쭉쭉 자라더니
어느새 가을이 되어
추수할 때가 되었네

따가운 가을 햇살에도
시인은 들에 나가
펜을 현란하게 놀리며
마침표 하나를 찍는다

이번 농사도 이미 여름에,
아니 실은 봄에 끝났다며
아쉬운 마음을 달래며
막걸리로 목을 축인다

이제 겨울이 오면
시인은 여행을 한다
봄에 파종을 하기 위한
시를 구하기 위함이라

시인에게 물어보았다

어느 계절이 가장 힘든지

시인은 대답했다

가서 시집이나 사보라고

수제비

돌멩이 하나로 물수제비 몇 개를 뜨는 거야
아이에게 보란 듯이 돌멩이를 던지고 있었다

통– 통– 통– 토롱– 통– 토로롱–

부엌에선 아내가 밀가루 수제비를 뜨고 있었고
식사 시간이 되자 아이는 수제비 수를 세어 본다

와– 엄마가 아빠보다 수제비 더 잘 뜨네!

아내는 아이가 기특한지 칭찬에 으쓱한 지 아이에게 수제비를 한 국
자 더 준다
나도–라는 말이 목구멍까지 올라왔다 이내 들어간다. 아내의 그릇을
봤기 때문이다

시간은 흘러 아이가 자라 돌멩이로 물수제비를 뜬다
노신사에게 보란 듯이 돌멩이를 던지고 있었다

통– 통– 통– 통– 토롱– 통– 토로롱–

부엌에선 아내가 밀가루 수제비를 뜨고 있었고

식사 시간이 되자 노신사는 수저 수를 세어본다

애야! 왜 수저 수가 세 개밖에 안 되니

아버님... 죄송해요. 아이가 보채서 아인 이미 먹였어요

노신사는 멋쩍은 웃음 지으며 이내 아쉬운 표정을 지울 수 없다. 그
러다 한마디 한다

우리 손주 였다. 나가서 아이스께끼라도 하나 사 먹으렴-

말

감사합니다. 미안합니다
괜찮습니다. 좋아합니다

말 많은 세상에서 꼭 필요한 말

착한 너의 말 한마디,
좋은 아침, 좋은 하루 되세요

고운 너의 말 한마디,
오늘처럼 내일도 행복하세요

얄미운 너의 말 한마디,
3인분 같은 2인분 주세요

짓궂은 너의 말 한마디,
퇴근하면서 좋은 아침입니다

그래도 가장 듣고 싶은 말
사랑합니다.

한 번뿐인 가을

싸– 싸–
가을바람에 나뭇잎 부딪히는 소리
이 소리도 이제 곧 듣지 못하겠지

생각해 보니
맴– 맴– 맴– 맴–
지겹게 들리던 소리도 들어간 지 오래다

이번 겨울은 또 얼마나 길까
소리 없이 내리는 눈은 또 얼마나 올까

짤막한 봄을 지나 또 지리한 여름 오고
다시 또 이 계절이 오겠지마는

이번 가을은 한 번뿐이다
언제까지 너와 함께할지 모르기 때문에

성공한 쿠데타

고양이 눈에 강아지는 복종의 아이콘이었어
자기가 데리고 있는 집사의 하인이니깐
언제나 고양이는 집사 앞에선 여왕님
우유를 먹을 때도 털갈이를 할 때에도
도도하게 윗사람으로 평온한 세월을 보냈지

하지만 강아지가 들어오면서 상황이 바뀌었지
분명 집사의 하인 놈인데 여왕을 몰라보는 거야
틈만 나면 시비를 거는데, 그제야 고양이는 알았지
이게 다 집사의 큰 그림, 즉 쿠데타라는 걸
집사의 심복으로 강아지를 데리고 왔다는 것을

고양이는 그때부터 여왕 노릇을 할 수 없었어
집사도 주인장으로 모셔야 하는 상황이 됐고
주인장이 강아지를 더 예뻐할 때면 심통도 났어
물러설 데 없는 고양이는 캣츠 뮤지컬을 보고
젤리클 캣츠가 되기로 맘먹고 가출을 감행하는데…

드림 오브 아메리카

환상의 나라 아메리카,

맨해튼 전광판이 꺼지지 않는 곳

아름다운 경치가 지배하는 곳

활력의 나라 아메리카,

샹젤리제 같은 실핏줄의 실리콘밸리

나이아가라는 사진에도 담을 수 없고

환락의 나라 아메리카,

라스베이거스는 불 꺼짐이 없고

팁만 주며 달이라도 따다 주는 곳

동부와 서부가 서로 머릴 맞대 있고

돈을 주고받을 때 신앙고백 하는

하나님의 나라 아메리카

제로 콜라

콜라에 아무것도 안 들어서 제로겠어?
설탕보다 더 많은 것이 들었을지도 몰라
의심의 눈들은 반짝반짝 고개는 끄덕끄덕

설탕 없이도 맛있는 음료, 과자, 아이스크림
먹여주는 나라가 좋은 나라라는 생각에
발암물질이 뒤통수를 세게 내려친다

그래 뭐든지 쉽게 가려면 사고를 치기 마련
어려워도 돌아가고 힘들어도 정도를 걷는
이유가 분명 있다는 생각에 눈은 윙크 한 번

쉬운 길 쫓는 욕심에 사기도 당한다지?
뭐든 공짜는 없다는 걸 명심 또 명심하고
살자는 말에 턱을 괴던 손들이 반짝반짝

새벽 공기 마시며
태우는 담배 한 대는
금(金)연의 시작인 것을

욕심을 내어
한 대 더 태워봐도
그 맛이 나질 않는다

물욕의 부질없음을
담배로부터 배우고
또 한 대 마저 태운다

마시멜로

싸늘한 바람이 불어오면
아침 태양도 서늘해지니
너도 겨울잠을 자고 싶구나

한낮의 내리쬐는 태양도
이 추위는 못 녹여서
애야! 이리 모닥불로 오렴

와서 마시멜로 구워 먹고
지구를 10바퀴만 돌고
다시 와서 추억을 말하자

네가 10바퀴 돌 동안에
많은 이들 왔다 갔으니
그들 얘기를 들어 좀 다오

밤이 되어 이 불도 꺼지면
마시멜로도 냉장고에
차디찬 겨울잠을 자야 하네

하늘빛 그림

파란색 빛이 들려온다
하늘에서도 바다에서도
하얀색 소리가 보인다
하늘에서도 바다에서도

이 빛은 어머니의 빛
태초부터 있었던 그것
이 소리는 아버지 소리
영원까지 있어야만 할

파란색 빛이 귀로 들리면
파란 물감을 짜서 바른다
하얀색 소리가 보이면
하얀 물에 붓을 씻는다

어머니 아버지가 보고프면
하늘빛 천국 그림을 그려서
거실 티비 위에 걸어놓는다
아버지 어머니 목 놓아 부른다

나만 바라보던 해바라기 꽃을 꺾다

해 하나에 해바라기 하나
해 떴다. 해바라기가 폈다
해진 칠흑과 같은 어둠
해 없이 외로운 해바라기

슬쩍 달 본 해바라기
해 떴다. 해바라기 활짝
오늘도 해는 지겠지
그래도 고개는 꼿꼿이

해 하나에 해바라기 하나
해 떴다. 해바라기 없다
화창한 어느 긴 여름날
해바라기 없이 외로운 해

이별

이별의 생채기 그 아픈 나날들
쌓아 올린 추억들을 감당하겠소

이제 또 다른 사랑을 찾아 떠나는
어리석게 반복하는 사랑은 그만

친구같이 편안한 그대. 그대. 그대.
그대가 좋겠소, 내 손 잡아주오!

짓다. 피우다

집을 짓다. 밥을 짓다. 이름을 짓다

농사를 짓다. 죄를 짓다. 무리를 짓다

그대 나를 위해 무엇을 짓고 있나요?

꽃을 피우다. 불을 피우다. 재롱을 피우다

담배를 피우다. 바람을 피우다. 소란을 피우다

나 그대 위해 무엇을 피우고 있는지

그대 짓는 것도 내가 짓는 것도

나 피우는 것도 그대 피우는 것도

얽히고설켜 인생이 되는 것을

바르게 짓고 올곧게 피우면

우리의 삶 조금 더 아름다운걸

그렇게 오늘도 짓고 피우고 있네요.

이별 뒤 사랑

이별 뒤 사랑이 더 가슴 아픈 건
한 번의 실패로 내 마음 다 주지 못해
기다림 끝에 두려움이 앞을 가리고
너의 손 잡지 못해 발만 동동 구른다.

사랑인가 사랑일까 내 마음 후벼보지만
가슴 아픈 사랑에도 하루하루 시간은 가고
완전한 사랑을 갈망하는 이기적인 내 모습
너의 손 잡지 못해 발만 동동 구른다.

유한한 시간의 흐름 속에 내 몸을 맡기고
젊음이 다하도록 뜨겁게 사랑하고픈
초조한 시곗바늘 바라보며 애만 태우는
너의 손 잡지 못해 발만 동동 구른다.

언제까지 이 사랑을 이어갈 수 있을지
자유와 안식을 추구하는 이기적인 삶
또 다른 덫에 걸려 괴로워 울부짖으며
너의 손 잡지 못해 발만 동동 구른다.

빈틈

피부에 닿는 느낌이 익숙한 느낌이다

이건 가을의 느낌이다. 냄새까지 꼭 가을이다

가을의 기억이 떠오른다

어렸을 적 외로웠던 기억,

사랑하는 그녀와 행복했던 기억,

부모님과 티격태격 싸우고 토라졌던 기억,

수많은 기억들이 주마등처럼 스쳐 지나간다

가을 냄새와 봄의 냄새를 달력 없이 구분해 내기란 쉽지 않다

가을에는 왠지 엔틱하고 시큼시큼한 냄새가 난다면

봄의 느낌은 왠지 덜 익은 감자 같은 느낌이랄까

먹다 보면 포송포송하지만 안에 심지가 살짝 덜 익어 왠지 파릇파릇한

가을에는 뭔가 그래도 한 해 동안 해 놓은 무언가가 있어 든든하다면

봄에는 아직 해 놓은 것이 없어 어수선한 발자국이 차이가 난다

가을에도 해 놓은 게 없다면 거렇게 그을린 자국이 맘에 남아 있을

거다

봄과 가을은 여름과 겨울을 완충해 주는 계절이 되어버리고 있다

그만큼 소중한 시간들이 되었음이 재미있는 사실이다

우린 그 완충 지대에서 사랑을 찾아 긴 여름과 겨울을 산다

이번 봄엔 이번 가을엔 또 어떤 사랑이 찾아올 것인지

본인도 모르는 빈틈을 남겨두고 사는 사람에겐 더 많은 기회가 올 것
이다.

이렇게 하루는 가고

추적추적 내리는 별빛의 따스함에
달빛을 이불 삼아 잠든 어린양아
너 잠에서 깨어나면 알게 될지니
새벽 아침에도 별빛은 비치우고

새벽 찬 이슬을 한 모금 베어 물고
아직 어질어질 아침잠에 취해있는
아침 태양 떠오르면 정상에 올라
산 냄새에 스멀스멀 가슴 벅차고

오후의 따뜻한 커피 한 잔의 여유
포근히 감싸는 햇빛의 너그러움,
밤이 되기 전에 항상 뜨는 달은
지구와 가장 가까운 친구 같은 달

어떻게 달은 먼 별과 친구 맺었지?
어린양도 모른다고 목을 절레절레
달님은 태양과도 친구라고 부득부득
발 넓은 오지랖쟁이 네가 최고다

시는 그렇게 쉽게 나오지가 않는 법

시는 그렇게 쉽게 나오지가 않는 법

이른 아침 물 한 잔 마시고 목마른 새에게 한 모금 나눠준다

시는 그렇게 쉽게 나오지가 않는 법

오후에 밀크티 한 잔 마시고 배고픈 고양이에게 한 모금 나눠준다

시는 그렇게 쉽게 나오지가 않는 법

밤늦은 시간 보드카 한 잔 마시고 잠 없는 강아지에게 한 모금 나눠
준다

시는 그렇게 쉽게 나오지가 않는 법인데

세 번을 나눠주니 시가 고픈 시인에게도 시를 나눠주는 고마운 친구들

도시의 하루

높아만지는 빌딩 아래 사는 사람들
어디든 수 시간이면 가는 사람들
행복하다 하여도 어딘가 공허한 마음

커다란 교회는 그 담이 더 높아만 지고
부처의 자비도 크디큰 불상 아래서
평안하다 하여도 어딘가 불안한 마음

도시의 하루는 그렇게 저물어간다
빌딩마다 벌어지는 담배로 인한 저주
윗집 아랫집 층간소음으로 인한 저주

진정 교훈이 있다면 그리 살진 않을 텐데
이렇게 몸살을 일으키며 살아야 하나
그러면서 집값으로 행복하다 하겠지

도시의 하루는 이렇게 시작했으면
엘리베이터에서 간단히 나누는 인사
생수 한 잔 나눠줄 수 있는 여유

시간 도둑

오늘도 밤을 넘어 별 헤아리러 간다.
깜빡깜빡 시계 속에 별을 가두고
너의 입술 속 달콤한 사탕 한 모금
시계 속에 갇힌 별은 죽어만 간다.

어제는 너의 미소 볼 수가 없었던
따끔따끔 별에 찔려 시계 열리고
풀려난 별들은 하늘 위에 새겨지고
나는 홀로 너의 별 바라볼 수밖에

Sleeping student

음식이 좋은 건 모방을 해도 맛만 있으면 괜찮아서 좋고

의술이 좋은 건 아픈 사람 치료해 보람 있어서 좋고

학문이 좋은 건 후대에 물려줄 지식이 있어서 좋고

책이 좋은 건 작품만 좋으면 돈을 찍어내는 거라서 좋고

연예인이 좋은 건 남들이 알아서 사진 찍어줘서 좋고

학생일 때가 좋은 건 졸아도 키는 큰다는 것이다.

시인이 돌아왔을 땐 이미 시는 완성되어 있었고

학생들은 일어나서 집에 가서 공부를 하고 또 잠을 잔다.

오렌지 주스

덜 익은 오렌지 주스를 마시고 상한 배를 따뜻하게 만져주는 그대여
다 익은 오렌지 주스가 땅에 떨어지기 전에 내 냉장고에 부디 따 주오

어젯밤에는 냉장고를 열어보니 주스가 세 병이나 사라져 버려서
상한 배를 열어서 세 병 꺼내서 다시 냉장고에 채워놓고서야 잠잤다오

내 배를 만져주던 그대는 내 목 끝에 달려있다 오늘 하루아침에 날 떠나고
배가 너무 아파진 나는 주스를 꺼내서 오렌지 나무에 쭉 걸어봤습니다

그날부터 누구 하나 주스를 따 갈까 조급한 마음에 잠도 못 잤습니다
하루 이틀 쥬스는 익어가는데 주스 세 병이 냉장고 앞에 놓여있어서
잃어버린 주스를 생각해 보니 이런 누가 또 상한 배를 따뜻하게 만져 달라더군요.

일본판 오징어게임

중간에 게임을 끝내기 원하실 경우
참가자들은 모아진 상금을 가지고
언제든지 집으로 돌아가실 수 있다?

하지만 주최자는 1명이 남을 때까지
게임이 계속되길 원하는 감춰진 마음
왜냐면 실제 상금은 주지 않을 테니깐

오늘도 우리의 소녀들은 일본에 맞서
하나둘씩 쓰러져가며 게임을 한다
남은 이들은 전우를 밟고 사쿠라를 캔다

캐낸 사쿠라의 뿌리는 대한민국에 살며
한강의 물을 마시며 기적적으로 커서
소녀들은 대한민국 건아들의 뿌리가 됐다

인류의 황금기

한 가지 음식도 잘 먹는 우리 로봇은
음식 가지고 불평불만 하지 않는단다
그래서 아빠가 다양한 음식을 마련했지

사람이 되고 싶은 에이-아이 로봇과도
어울려 함께 지낼 방법을 궁리해 볼까?
내 일자리 뺏는다고 미워만 하지 말고

향기도 언젠가는 디지털로 세분화하여
인터넷이나 다른 다양한 망을 통하여
자유롭게 주고받는 시대가 오겠지?

"그때는 이런 음식도 먹었지"라며
그 옛적 할머니처럼 손주들 앉혀놓고
옛날 음식 냄새 맡으며 회상할지도

무조건 미래가 좋다는 생각은 버리자
끔찍스런 일이 기다릴지 어찌 아나?
어쩜 지금이 인류의 황금기일지도...

꿈에서 일어나니 또 다른 꿈이었다.

마치 영화 「인셉션」에서처럼 몇 번을 일어나야만 현실과 닿을 수 있었다.

그만큼 나의 삶은 현실을 갈구했고 몽(夢)이라는 허구에 의존하지 않으려 했다.

시 또한 현실적이지만 해학이 있고 해학이 있지만 감동이 있는 또 반전이 있는 재미있는 시를 그려 왔다.

시집 판매가 별 볼 일 없단다. 어쩜 독자들의 마음을 시원하게 해 줄 시집이 그리 없을까 생각했다.

생각하는 힘을 아는 독자들에겐 내 시집이 통하리라, 감동의 맛을 아는 독자들에게도 내 시집이 통하리라.

꿈에서 일어난 줄 알았는데 또 다른 꿈이었다.

꿈 맛이 좋아 일어나기 싫은 어느 날 핸드폰 벨 소리가 울리고 세상이 나를 찾을 때 이도 저도 좋은 꽃놀이 패,

꿈에 마킹하지 못한 것을 시집에 책꽂이로 표시한다. 오늘 밤엔 꿈 대신 시집 좀 읽어 봐야지~

부록

N행시

n행시란 몇 줄에 걸쳐 맨 앞 자를 따서 시를 짓는 것으로,

3행시 짓기가 있습니다.

저자(유노유노)는 n행시 짓기를 매우 즐겨 하고 있으며 이 시집을 통해 저자가

직접 쓴 n행시를 일부 공개하여 여러분들에게 소개하고자 합니다.

n행시 소개

- n행시란 몇 줄에 걸쳐 맨 앞 자를 따서 시를 짓는 것으로, 대표적으로 이름으로

  3행시 짓기가 있습니다.
- 저자(유노유노)는 n행시 짓기를 매우 즐겨 하고 있으며 이 시집을 통해 저자가

  직접 쓴 n행시를 일부 공개하여 여러분들에게 소개하고자 합니다.

안중근 3행시

안위를 걱정한다면서 어찌 독립을 논할 수 있으랴

중원에 나와 자웅을 겨루면 필시 승리하리니

근엄한 몸짓으로 나라를 구하고 죽어 영웅이 되리라

삼다수 3행시

삼삼오오 부딪히는 잔마다 가득 넘치는 행복

다독거리면서 어루만진 손길마다 새겨지는 기쁨

수원이 제주라서 믿음이 가는 우리들의 보고

홈플러스 4행시

홈그라운드에서 더 잘 싸울 기업은요?

플렉스는 고용을 더 잘하는 회사가 해야죠!

러시아워 시간에 장을 보기 힘드시죠?

스트레스받지 마시고 가까운 마트로 가세요.

강강술래 4행시

강을 따라 하염없이 걷다가 지쳐서 앉아 봤는데

강이 두 갈래에서 하나로 합쳐지는 두물머리까지 왔네요

술술 노랫가락이 나오는 것이 연인과의 추억이

래(내)가 따라오지 말라고 해도 여기까지 따라왔네요.

수학의 정석 5행시

수상한 발자국 소리에 잠에서 깨어 일어났더니

학수고대하던 크리스마스 선물이 내 눈앞에

의가 상한 동생 선물은 보이지 않게 밀어 놓고

정성이 가득한 손편지를 먼저 꺼내 읽어 본다

석수야~ 내년엔 동생과 친하게 지내라는 말에 동생 선물은 도로
제자리에....

포카리스웨트 6행시

포도알 영그는 마을의 시골길 모퉁이에서

카메라만 갖다 대면 사진이 되는 풍경을 담아

리본으로 묶어 마을회관에 전시를 한다

스웩 넘치는 바닷가의 멋진 기둥 바위에서

웨딩드레스 입은 신부가 환한 미소로 웃고 있고

트라이앵글을 들고 있는 신랑이 포도알 한 모금 마신다.

타임머신 4행시

타짜들은 지금부터 내 말을 잘 들어라잉~

임계점이 넘어가면 판 엎고 튀는 기라

머 조금씩 져 주는 척하다가 마 이거...

신박하게 한번에 다 따 버리는 기다 아이가

비티에스(BTS) 4행시

비거리를 늘려 주는 드라이버 하나 있나요?

티비에서 CF 하는 것은 빼고 추천해 주세요

에이에스 기간은 짧은 게 더 나을 거 같아요

스타로 뜨고 싶다면 2년은 참고 연습하세요

아이유 3행시

아들 둘 딸 셋... 2050년도 대한민국의 현주소

이 아이들은 국가에서 모두 책임지고 키워 줍니다

유치원부터 대학교까지 무상교육하는 복지 국가

빅뱅 2행시

빅불버거보다 빅맥이 먹고 싶다면

뱅뱅사거리에서 기다려~ 매장에는 들어가지 말고

빅뱅 2행시

빅불버거보다 빅맥이 먹고 싶다면

아이브 3행시

아주까리 동백꽃이 제아무리 예뻐도

이분들에게는 명함도 못 내밀죠

브이 해 보세요. 손가락 하트 말고요. 옛날식으로 브이

잔나비 3행시

잔디밭에 앉아서 노래하는 우리는 버스킹

나만 지하철 타고 왔네 그래서 서브웨이킹

비웃지 마라 그 서브웨이 아니다.

브라운아이즈 6행시

브라우니 하나, 커피 한 잔 시켜 놓고 널 기다린다

라면 면발 불듯이 커피는 식어 버리고 너는 안 오고

운전만 해 주면 어디든 다 가겠다던 너는 어디에

아메리카노는 다행히 리필이 돼서 한 잔 다시 시킨다

이만큼 마음만 커 버려서 접을 수도 없게 해 놓고는

즈렁대던 내 마음의 자물쇠와 열쇠는 돌리기만 하면 돼

여자친구 4행시

여수 앞바다에 빠진 너와 나의 사랑의 밤

자수한 것처럼 네 허리를 둘러싼 나비 문양

친구는 이런 거 아니라면서 나비는 잠시 발코니에

구들장이 뜨거워지기 전에 뜨거워진 우리의 밤

코카콜라 4행시

코리안 드림은 너무 달콤한 환상입니다

키라멜마끼아또의 단맛처럼 말이죠

콜을 외치며 한국발 여행객이 된 분들은

라라랜드 뺨치는 서울을 보실 것입니다.

뉴발란스 4행시

뉴 키즈 온 더 블록이 한국을 찾았을 때

발랄한 소녀들은 까무러치게 좋아했었는데

란(난) 그들이 누군지도 모르고 지나갔었죠

스스럼없이 모른다 했지만 지난날이 후회되네요.

디스커버리 5행시

디 카프리오가 나오는 여러 영화 중에서

스 크린에서 가장 빛났던 작품은 무엇일까요?

커 (카)멜레온같이 뛰어난 그의 연기력이 있었지만

버 리지 못한 여성 편력으로 인하여

리 (이) 세상에서는 빛이 바래게 되었죠.

현대자동차 5행시

현 인류의 가장 위대한 장난감, 자동차!

대한민국도 그 물결에 올라타고 전진합니다

자국민한테 미움도 받아온 게 사실이지만

동포들에게 응원도 받아온 게 사실이지만

차 하나만큼은 기똥차게 잘 만들었습니다.

투썸플레이스 6행시

투 스트라이크 쓰리 볼의 절체절명의 순간

썸 타는 투수와 포수의 사이를 갈라놓고

플레이어들을 홈으로 불러들여야 하는데

레미콘같이 딱딱하게 굳어 버린 감독 표정에서

이 게임의 승부는 지금이란 것을 직감하고

스윙을 하자 딱 하는 청아한 소리와 함께....

블루마운틴 5행시

블랙박스로도 도무지 찍을 수 없는 너의 마음은

루테인 영양제를 아무리 먹어도 볼 수가 없고

마하의 속도로 내 마음에 꽂히는 너의 시선은

운송장 번호같이 내 가슴에 각인 되어 꽃핀다

틴(팅)겨 볼까 했으나 하지 못했다. 너는 꽃밭 자체이기 때문에

아디다스 4행시

아무도 우리의 전략을 모르고 있었군요

디스플레이에 삼선은 우리 것 아닙니까?

다른 어플 다 찾아보십시오. 삼선 없는 것 있나!

스타일이 살아납니다. 삼선을 걸치면요.

미스터트롯 5행시

미소가 없는 하루는 그대가 없는 하루와 같습니다

스마일 하고 한 번만 웃어 주면 그댄 어느새 내 곁에

터엉~ 하고 비어 있는 드럼통을 박자에 맞춰 두드려

트위스트 지바고 벨리댄스 손을 끌어당겨 입술 맞추리

롯의 아내도 박자를 맞추며 뒤도 안 보고 두 손 꼭 잡으리

디스플러스 5행시

디럭스룸이라 해서 매우 좋은 방인 줄 알았는데

스위트룸이 따로 있는 최고급 호텔이었습니다

플러그가 맞지 않아 여행용 플러그로 전원을 켜고

러블리한 새로 산 조명 아래 우리는 사랑을 나눕니다

스르륵 꺼지는 조명 아래 빨간 점 하나와 연기 한 모금

사자성어의 첫 자로 지은 시는 물론, 한자도 겸비하고 의미도 일맥상통하게 하

도록 최대한 노력하여 교육용으로도 사용할 수 있도록 하였습니다.

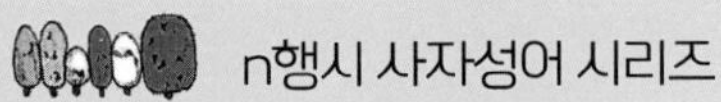 n행시 사자성어 시리즈

– 사자성어의 첫 자로 지은 시는 물론, 한자도 겸비하고 의미도 일맥상통하게 하

도록 최대한 노력하여 교육용으로도 사용할 수 있도록 하였습니다.

불철주야 – 不撤晝夜

밤낮을 가리지 않는다는 뜻으로 조금도 쉴 사이 없이 일에 힘씀

불로소득으로 매년 너보다 소득이 많은 나지만

철 수세미로 매일매일 깨끗하게 식판을 닦는다

주말마다 너와 함께 식판에 밥을 잔뜩 담고서

야외로 나가 배고픈 사람들에게 정신없이 나눈다.

청춘이 다 가도록 만나보지 못한 아름다운 아가씨

출렁거리는 유람선 위에서 닻을 올리며 만나러 갑니다

어제보다 더 아름다운 그대는 어머니가 누구신지요?

람보 보내고 고향에서 서울로 노을이 이쁜 집에 사시죠!

마부위침 - 磨斧爲針

'도끼를 갈아 바늘을 만든다.'는 뜻으로, 아무리 어려운 일이라도 끊임없이 노력(努力)하면 반드시 이룰 수 있음을 이르는 말

마초 같은 인생살이에도 내 마음을 부서지게 한 당신

부엉이에게 맡긴 편지에는 언젠가부터 답이 없고

위화도에서 회군하는 내 발길은 그대를 향하여 총총총

침략자의 얼굴도 사랑을 하면 사람이 따른다는 사실

풍수지탄 - 風樹之歎

부모에게 효도를 다하려고 생각할 때에는 이미 돌아가셔서 그 뜻을 이룰 수 없음을 이르는 말

풍선에 불을 달아 하늘로 날리던 게 어느 때던가

수전노와 같이 돈만 모으던 나는 눈물을 뚝뚝뚝

지고지순한 어머니를 따라가신 우리 아버지

탄천 앞을 지날 때면 하늘을 보며 두 손을 합해 봅니다.

토사구팽 – 兔死狗烹

토라진 너를 보며 다시는 그러지 않겠다 했죠

사과는 받아지지 않고 너는 오늘도 집을 나섰네

구부정한 내 등은 당신의 몸을 기다리고 있는데

팽이도 따다 줬는데 내 등을 어루만져 주오 그대

대말을 타고 놀던 벗이라는 뜻으로, 어릴 때부터 같이 놀며 자란 벗

죽어서 가죽을 남기는 게 아니라 가죽 때문에 죽는다

마~ 너도 으스대지 말고 소박하게 좀 살아라

고맙긴 한데 가죽 벗어서 은행에 맡겨 놓고 산다

우대 금리로 해 줄게~ 나한테 오꼬! 내 친구야.

다다익선 - 多多益善

다리미질로 날 키우신 우리 아버지와 어머니

다홍치마 입고 어린아이는 연지곤지를 찍고서

익숙하게 걷고 걷던 고개를 지나 계곡을 지나

선녀는 그렇게 아들딸 셋을 낳고 살았답니다.

막역지우 – 莫逆之友

마음이 맞아 서로 거스르는 일이 없는, 생사를 같이할 수 있는 친밀한 벗

막무가내로 먼저 나가는 너를 막아서려던 순간

역시나 화장실 간 사이에 이미 계산을 끝낸 너

지겹다 지겨워 난 언제쯤 한번 사 볼 수 있을까?

우째 그리 고민을 한댜~ 가게 들어가자마자 계산부터 해!

입으로 흥한 자는 입으로 망한다고 하여 조용히

신께 간절한 마음으로 빌고 또 빌었습니다

양손 가득 성공의 열매를 쥐고 뛰어나가서

명성을 떨치는 그날, 이름 석 자 외치겠습니다.

주경야독 – 晝耕夜讀

주욱 읽어나가다 외워야 할 부분에 형광색을 칠한다

경솔하여 틀렸던 문제들은 별표 하여 다시 풀고 푼다

야구 리그가 가장 큰 걸림돌이었다. 두산 팬이어서~

독하게 마음먹고 결과만 보기로 했다. 우천 취소됐단다.

수주대토 – 守株待兔

그루터기를 지켜 토끼를 기다린다는 뜻으로, 고지식하고 융통성이 없어
구습과 전례만 고집함

수지타산이 맞지 않으면 절대 움직이지 않았는데

주판알을 튕기며 토끼가 나와 말했다, 모두 투자라고

대신 자기가 반을 내겠다며 통 큰 제안을 해 왔다

토끼야 네가 나왔는데 우리가 왜 투자를 하겠니?

낙화유수 - 落花流水

낙엽은 떨어지는데 왜 내 곁으로는 오질 않는지

화초는 활짝 피었는데 왜 향기는 나질 않는지

유유자적한 삶을 위해 떠난 임이 내게 오는 그날

수북이 쌓인 낙엽 밟으시고 다시 갈 길 남지 말기

서쪽 하늘 구름꽃에 사는 아이

1판 1쇄 발행 2025년 4월 11일

지은이 유노유노

교정 신선미   편집 이새희
마케팅·지원 김혜지

펴낸곳 (주)하움출판사   펴낸이 문현광

이메일 haum1000@naver.com   홈페이지 haum.kr
블로그 blog.naver.com/haum1000   인스타 @haum1007

ISBN 979-11-7374-041-1(03810)